그늘의 깊이
김선태 시집

문학동네시인선 062 김선태

그늘의 깊이

시인의 말

마음의 심연에 가라앉은 낡고 오래된 것들의 덕목을 건져 올려 다시 말갛게 씻어 말리고 싶었다. 그 깊이와 향기로 천 리를 가고 싶었다.

현대라는 시간을 믿지 않는다. 내 시는 끝까지 문명의 반 대편에 설 것이다. 오래된 미래를 살 것이다.

마음이 자꾸만 바다와 섬 쪽으로 집을 짓는다. 그 오두막 집엔 서늘한 외로움만 살 것이다.

2014년 가을 초입
김선태

차례

2부 섬의 리비도

3부 아주아주 작은 집

4부 반딧불 한 점

1부

물북

강

1.

삶은 저리 흘러내리는 것이니라

밤새 기나긴 옷고름 풀어내시는 어머니

波~瀾~萬~丈,

끊길 듯 끊어지지 않는 이야기여

삶의 완창이여

2.

曲과 折이 없다면

그 기막힌 S라인이 아니라면

어찌 가락과 춤이라 하겠느냐

누가 너의 허리를 보듬겠느냐

구부러지다

구부러진
지리산 아랫마을 팔순 할미의 허리는
유장하게 굽이치는 지리산 능선을 닮았다
가만 보면
저녁 능선 위에 걸린 초승달과도 겹친다

지리산 품에서 태어나
한평생 지리산만 바라보며 살아왔으니
몸속에 지리산 한 채를 온전히 품었겠다
지리산의 친딸로 스스럼없겠다

팔순 할미의 허리에는
육신을 가파르게 끌고 온 세월도 세월이지만
강물도 산길도 밭두렁도 저녁연기도 있고
구부러진 지리산 유전인자가 다 스며 있다

구부러진다는 것은 돌아간다는 것
늘그막에 어린아이가 되어 친정집에 들듯
원점으로 휘어져 회귀하는 일이다

머잖아 지리산이 할미를 불러들일 것이다

흑산도

상한 짐승처럼 절뚝거리며 스며들고 싶었다 더는 갈 수 없는 작부들의 종착역

슬픔은 더 깊은 슬픔으로 달래라 했던가

늙은 작부 무릎에 슬픔을 눕히고 그네의 서러운 인생유전을 따라가고 싶었다

삭을 대로 삭은 홍어 살점을 질겅질겅 씹으며 쓰디쓴 술잔을 들이켜고 싶었다

그렇게 파란만장의 시간을 가라앉혀 제대로 된 슬픔에 맛이 들고 싶었다

때론 누추한 패잔병처럼 자진 유배를 떠나고 싶었다 살아서 돌아갈 수 없는 천형의 유배지

절망은 더 지극한 절망으로 맞서라 했던가

후미진 바닷가에 갯고둥 하나로 엎어져 흑흑 파도처럼 기슭을 치며 울고 싶었다

다시는 비루한 싸움터로 나아가고 싶지 않았다 그대로

애간장 까맣게 타버린 한 점 섬이 되고 싶었다

절명여*

생의 바다에서
헛물만 켰다는 후회가 밀물져올 때
불현듯 낚시가방 챙겨 떠나고 싶은 곳 있지

이름만으로도
늑대 같은 파도들이 크릉 크르릉
사납게 마음의 기슭을 물어뜯는 곳 있지

아차 하면
순식간에 검푸른 파도가 삼켜버려
내로라하는 꾼들도 차마 근접을 꺼리는

삶과 죽음이 나란한 직벽에서
대물과의 한판승부가
끊어질 듯 팽팽한 반원을 그리는 곳

추락을 거듭해온 생의 굴레를 벗어나
더는 물러설 곳이 없는 마음 하나로 곧추서
목숨을 미끼로 채비를 던지고 싶은

절체절명의
무섭도록 황홀한 절해고도
절명여

* 절명여(絶命礖):추자바다에 떠 있는 다이아몬드 모양의 깎아지른
돌섬. 특급 바다낚시 포인트로 유명하다.

조숙

　어릴 적 우리 집 뒤란에 핀 찔레꽃처럼 보면 하냥 마음이 외지고 막막해지는 계집아이가 우리 반에 있었는데

　마주치면 제대로 쳐다보지도 못하고 고갤 숙이며 지레 먼 논둑길을 도망치다 자꾸만 발을 헛디뎌 넘어지곤 했는데

　그런 날은 아니 그다음 날은 무슨 죄라도 지은 양 아예 학교도 작파한 채 산에 숨어 놀다 저물 무렵 기신기신 집으로 기어들곤 했는데

　열 살쯤이던가, 촛불을 들고 칠흑 같은 벽장 속에 들어가 종일토록 연필에 침을 묻혀 쓴 편지로나 간신히 말을 걸고 싶었던 것인데

　무슨 세상에나 가장 어려운 말이라도 적혀 있었던지 졸업가를 부르는 순간까지도 건네지 못하고 결국 손때만 잔뜩 묻은 걸 도로 벽장 깊숙이 감춰버렸던 것인데

　사십 년쯤 지났을까, 지금도 그걸 생각하면 찔레꽃처럼 마음이 환해지는 것이어서 연어처럼 지난 세월의 강물을 숨차게 거슬러 오르고 싶기도 한 것이어서

봄날은 간다

꽃은 다투어 피는데
너는 속절없이 지네

어미의 서러운 옷고름 휘날리는 하동포구 칠십 리……

꺼져가는 어린 생명을 업고서
이승의 마지막 꽃구경 가는 길

꽃은 환장하게 흐드러지는데
벌 나비 어지럽게 나는데

아,

너는 꽃을 보며 웃고
나는 너를 안고 우네

저녁 범종 소리

울리다, 적시다, 덮어주다, 쓰다듬다, 재우다 같은 동사를 앞세우며 간다

낮다, 길다, 무겁다, 둥글다, 느리다 같은 형용사들이 뒤따라간다

희, 노, 애, 락, 애, 오, 욕으로 소용돌이치는 명사들도 죄다 끌어안고 간다

지이잉~징 징하게는 느린 곡조를 뽑다가 터어엉~텅 속을 비우며 운다

저 소리 속에는

묵묵히 쟁기를 끄는 소가 있고, 못난 자식의 가슴을 쓸어주는 어미의 손길이 있고, 차안과 피안의 경계를 지우는 강물이 있고, 온갖 번뇌를 잠재우는 고요의 이부자리가 있고, 무엇보다 모든 것을 껴안는 넉넉한 품이 있다

오늘도 만물의 귀소를 알리며
고단한 영혼들을 불러들이는 낮고 부드러운 음성 하나
긴 꼬리를 늘어뜨리며 저녁 들판을 기어간다

육감

　낚싯배 선장은 무작정 낚시를 드리우라 하지 않고 시방 이
바닷속에 무슨 물고기가 몇 마리 있으니 낚아올려보라 했
다 반신반의로 낚시를 드리우니 진짜로 그 물고기 몇 마리
가 걸려 올라왔다 얼마 후엔 이제 몇 마리가 어느 물굽이를
돌아가고 있으니 쫓아가야 한다고 했다 또 적중했다 어떻게
그렇게 잘 아느냐 물으면 그냥 육감이란다 포구생활 오십
년이면 저절로 느낌이 붙는다는 것 바닷속이며 물때며 물길
까지를 환히 꿰찬다는 것 물고기도 바다가 넓다고 아무렇
게나 헤엄쳐다니지 않고 항용 다니는 길이 따로 있어 무리
지어 오가며 먹이활동을 한다고 했다 그 이야기를 듣고 사
람에게만 길이 있는 것이 아니라 물고기며 뭍 생명들에게도
저마다 길이 있고 육지만이 아니라 바다나 하늘 심지어 마
음속까지도 내통하는 길이 있음을 알았다 안 보이는 것을
볼 줄 아는 육감이 육안보다 얼마나 물귀신처럼 신통방통한
것인가를 깨달았다

얼음폭포

1.

겨울 산 입구에서 얼음폭포를 만났다
폭포는 수직으로 멈춰 선 채 면벽좌선중이었다
겁 없이 뛰어내리던 물길은 그대로 굳어버렸고
계곡을 호령하던 물소리도 완고하게 입을 다물었다
찰나의 시간마저도 딱딱하게 응고되었다
거대한 한 폭의 침묵 같았다
고독한 정신의 형해 같았다

2.

다시 올려다보니
폭포는 멈춰 선 듯 흐르고 있었다
너무도 생생하여 흐름과 멈춤을 분간할 수 없었다
너무도 투명하여 물의 표정과 뼈까지 들여다보였다
동중정과 정중동의 경계가 따로 없었다
소란과 고요가 은밀히 함께 있었다
그리하여 백발성성한 이마로 빛나는 얼음폭포는
삼라만상을 한기 하나로 다스리고 있었다
오욕칠정도 죄다 얼어버리고 없었다

3.

얼음폭포에 압도되었다 나는
백척간두의 아찔한 경지 앞에서 오돌오돌 떨며

오도 가도 못한 채 그 자리에 멈춰 서 있었다
지그시 눈을 감고 오래도록 묵상하며
저 거대한 장벽을 일거에 깨뜨릴 답을 떠올렸으나
얼음폭포는 요지부동 난공불락이었다 도대체
누가 겨울 산의 중심에 드는 문을 막아버렸단 말인가
나는 저 묵묵부답의 은산철벽 앞에
그만 무릎을 꿇고 오체투지하였다

물북

아무래도 저수지 속에는
손가락으로 가만 건드리기만 해도
바람의 입술이 살짝 닿기만 해도
화들짝 놀라 입을 점점 크게 벌리는
그런 예민한 여자가 살고 있을 것이다

그 여자 커다란 물북을 끼고 앉아
한없이 슬픈 노래를 부르고 있을 것이다
아무리 세게 두드려도 소리가 나지 않는
느리고 둥근 선율을 피워올릴 것이다

저수지의 심금을 울리는 저 정중동의 물북!

네가 처음 내게로 건너왔을 때
둥둥,
내 마음의 심연이 저러했을 것이다
아아,
혼자서 갇혀 울던 유년의 다락방
벙어리 냉가슴이 또 저러했을 것이다

저 절창으로 하여 오늘
고요한 갈대숲 전체가 아스스 흔들리고
수면에 비친 햇빛이며 달빛까지도

잘게 흐느끼며 전율하는 것이다

진도 홍주

진도 홍주를 마시다보면
몸속의 길이 환히 보인다

간이역을 차례로 들러 느릿느릿
종점에 도착하는 야간완행열차처럼
목구멍〜위〜작은창자〜큰창자〜방광으로 내려가는
구불구불한 길이 차례로 들여다보인다
중간에 대동맥〜소동맥〜실핏줄로 퍼져나가는
가느다란 샛길들마저 낱낱이 보인다

진도 홍주에 취하다보면
역주행의 길도 환히 보인다

밭일 마친 진도 아낙들 얼쑤절쑤
흥타령 부르며 아리랑 고개를 넘어가듯
방광〜큰창자〜작은창자〜위〜목구멍으로 올라오는
비틀비틀한 길이 절로 들여다보인다
홍주 속에 녹아든 진도의 길과 가락
불타는 세방낙조까지 황홀하게 보인다

026

어허참

대낮에 길을 가다 오줌이 급한 아버지 헐레벌떡 인근 골
목 담벼락 스며들어 들입다 바지를 까고 으이구 시원타 한
참을 일을 보는데 말씀이지

아무래도 수상쩍어 슬몃 머리를 쳐드니 아 글쎄 안집 해바
라기꽃들이 그것도 처녀 얼굴만치 만개한 것들이 담 너머로
고개를 쑤욱 내밀고선 낄낄 깔깔 쳐다보는 게 아니겠는가

들킨 듯 놀란 아버지 화들짝 골마리 추켜올리더니 어허참
어허참만 되뇌며 힐끔힐끔 갈지자로 길을 재촉하더라

장대비

때로는 비가 세상을 후려치듯 내릴 때가 있다, 장대비다

이런 날은 지상의 만물이 엄한 비의 회초리로 매를 맞는다

이런 날은 조금만 바람이 불어도 까불대던 나무 이파리마 저 미동도 없다

이런 날은 밖에 나가 종아리를 걷어올리고 두 손을 높이 든 채 벌서고 싶다

하여, 저 줄기찬 질타와 참회가 그치면

세상의 죄란 죄들이 죄다 말갛게 씻겨내려가겠다

다시 태어나겠다

마음에 들다

너를 향한 마음이 내게 있어서
바람은 언제나 한쪽으로만 부네

나는 네가 마음에 들기를 바라는 집
대문도 담장도 없이 드나들어도 좋은 집

마음에 든다는 것은 서로에게 스미는 일
온전히 스미도록 마음의 안방을 내어주는 일

하지만 너는 언제 돌아올지 모르는 사람
나는 촛불을 켜고 밤늦도록 기다리는 사람

그렇게 기약 없는 사랑일지라도
그렇게 공허한 행복일지라도

너를 향한 마음이 내게 있어서
바람은 언제나 한쪽으로만 부네

언덕에서 海察하다

언덕에서 가만히 내려다보고 있으면
바다는 무슨 말을 가르치는 교실 같다
거기엔 철썩철썩 매를 때리는 선생님이 있고
촐랑촐랑 말을 따라하는 아이들이 있다
바람이 잔잔할 땐 낮고 부드러운 소리로 발음하다
바람이 거세지면 앙칼지게 입에 흰 거품을 문다
바다는 저토록 속내를 알 수 없다

언덕에 앉아 들여다보는 바다는
한 권의 책이다 글자들이 푸르게 살아 꿈틀대는
오늘도 자강불식의 파도는 열심히 책을 읽고 있다
오늘이 어제의 등을 떠밀며 책장을 넘기고 있다
반복이 아닌 전복의 책장을 받아넘기고 있다
일몰의 시간엔 낡은 서책을 불태우기도 한다
바다는 저토록 변화를 꿈꾼다

언덕에 누워 가만히 귀기울이면
바다는 이십사 시간 성업중인 뮤직댄스홀 같다
거기 노래하고 춤추는 뮤즈가 살고 있다
뱃속에서부터 저절로 해조음 태교를 받고 태어난
바닷가 아이들은 가무의 운명을 피할 수 없다
모두가 뮤즈의 자식들이기 때문이다
바다는 저토록 신명이 넘친다

2부

섬의 리비도

섬의 리비도 1
─ 산다이

　서남해 섬마을에는 산다이가 지천이지요 산다이란 술 마시고 노래하고 춤을 추며 노는 놀이판이지요 추석이나 설에 마당이나 놀이방에서 벌이는 명절 산다이나 누군가 죽어 초상집이나 무덤가에서 벌이는 장례 산다이도 산다이지만 고기를 잡거나 밭일을 하거나 나무를 벨 때 하는 노동 산다이처럼 하여튼 흥이 동하면 때와 장소를 가리지 않고 벌어지는 산다이도 쎄고 쎘지요 산다이가 벌어지면 섬 전체가 들썩대지요 사람이며 바다며 산이며 들판이 온통 질펀한 놀이판으로 바뀌지요 이때만큼은 무슨 도덕 따위일랑 훌훌 벗어버리고 오로지 본성을 따라가지요 슬픔도 기쁨도 사랑도 미움도 죄다 한데 녹아들지요 산 사람이며 죽은 사람이며 남녀노소 가릴 것 없이 "에야디야자 에야디야자 에헤여 에야 에야자디어라 산아지로구나"* 한덩어리가 되어 돌아가지요 그렇게 질펀하게 놀다보면 남녀가 자연스레 눈이 맞아 부부의 연을 맺는 경우도 허다했다지요 남편 잃은 아낙들이 오죽하면 "산다이 땜시 이 징한 세상을 산다잉" 했겠어요 정녕 그렇다면 시시때때 노래방으로만 몰려가는 오늘날 산다이야말로 우리가 돌아가야 할 놀이의 본향 아닐는지요

* 가거도 민요〈산아지 타령〉후렴구. 가거도에서는 '산다이'를 '산아지'라고 부른다.

섬의 리비도 2
— 진도 다시래기*

　노래와 춤의 땅 진도에는 다시래기라는 희한한 장례풍
습이 아직 남아 있지요 죽음을 삶의 끝으로 내몰지 않고
새로운 시작으로 끌어들이는 제의이지요 그래서 마을에
호상이 나면 초상집은 한바탕 축제의 마당이 됩니다 사랑
하는 이를 떠나보내는 슬픔도 잠시일 뿐 노래하고 춤추고
굿판을 벌이는 놀이마당이 밤새 펼쳐지지요 의례히 숙연
한 애도의 분위기를 떠올리는 외지인들이 보면 깜짝 놀
라기도 하고 때론 무례하다 혀를 끌끌 차기도 하지만 이
는 진도 사람들이 대대로 죽음을 맞아들이는 방식일 뿐
하나도 이상할 것 없습니다 다시래기는 모두 다섯 마당인
데 그중 두번째 거사-사당놀이는 압권이지요 봉사인 거사
의 마누라 사당이 몰래 중과 바람을 피우는 과정에서 터
져나오는 발칙한 언사와 외설적 행위는 하도나 노골적이
고 질퍽해서 초상집은 온통 웃음바다가 되지요 관 속의
망자까지도 못 참겠다 벌떡 일어나 뛰쳐나올 판이지요 특
히나 사당이 아기를 출산하는 장면은 죽음의 아픔을 딛
고 새 생명의 탄생을 보여주는 상징이니 다시래기의 참뜻
인 '다시 나기'가 아니고 무엇입니까? 슬픔과 절망의 공
간에 탄생의 기쁨과 희망이 공존한다는 것 그 드라마틱한
반전의 한가운데 언제나 성(性)이 자리하고 있다는 사실
이 또 얼마나 성(聖)스러운지요 그러니 이 신명나는 축제
야말로 망자를 위한 최대의 예의요 축복이 아닐까요 사람
이 죽자마자 화장터로 내달리는 이 무례의 시대에는 더욱

─ 그렇지 아니할까요

─

섬의 리비도 3
― 대바구

  대바구라는 말을 들어본 적 있는지요? '대신 박아주는 놈'이라는 뜻이지요 아니 점잖지 못하게시리 거 무슨 상스런 소리냐고요? 처음 들을 때만 그렇지 깊이 들여다보면 그리 상스럽지도 않습니다 비록 지금은 명맥이 희미하지만 대바구는 전라도 어느 섬에 남아 있는 희한한 혼인풍습이지요 남자가 부족한 탓에 생긴 어쩔 수 없는 성적 욕망의 해소책이기도 하고요 알다시피 섬 남정네들에게 바다는 삶의 터전이자 무덤이지요 그야말로 인생재해 인명재해이니 섬에 떼과부가 많을 수밖에요 그러니 섬으로 시집가는 여자들이야말로 과부가 될 서러운 운명을 타고났다 해도 무리가 없었겠지요 허나 그네들 모두가 청상과부로 수절해야 한다면 아무래도 너무나 잔인한 처사가 아닐까요? 성적 욕망을 주신 하느님의 뜻을 거스르는 일이기도 하고요 이를 짠하게 여긴 남정네들이 마음에 드는 과붓집에 몰래 스며들어 남편을 대신하곤 했다지요 마을 사람들은 물론 본처까지 알고도 모르는 척 눈을 감아주었다지요 그야말로 성경에 나오는 긍휼과 나눔의 실천이 따로 없지요 그러니 윤리와 도덕, 제도와 관습의 울타리마저 넘어버린 대바구를 두고 꼭 짐승이나 다름없다 돌을 던지겠는지요?

섬의 리비도 4
— 가거도 떼과부

풍랑 거칠기로 소문난 가거도에는 유독 떼과부가 많다지
요 고기잡이가 삶 자체인 남정네들이 거친 풍랑과 싸우다
그만 불귀의 객이 되고 만 일이 허다한 탓이겠지요 헌데 졸
지에 청상과부가 된 여인네들의 본능은 어찌 다스렸을까
요? 행여 홍어장수 문순득이로 표류하다 돌아올지도 모를
남편을 기다리며 끝까지 수절했을까요? 설마 그럴 리가요
섬 여인네들의 욕망도 풍랑 못잖게 들끓었을 텐데요 하여
가거도 마을 이장들이 중신애비 되어 고안해낸 기막힌 비책
이 따로 있었으니 한번 들어보시지요 풍어의 가거바다에는
사철 고기잡이배들이 까맣게 떠 있지요 집을 떠나온 지 오
래인데다 배를 타느라 울렁증에 걸린 선원들에게 간절한 것
은 술과 여자, 독수공방으로 지칠 대로 지친 떼과부가 이제
나저제나 그리운 것은 남정네들의 품, 궁하면 통하듯이 그
들이 먼발치서 서로를 바라보다 눈이 딱 마주친 게지요 선
원들이 잡은 고기 중에 제일 좋은 것을 선물로 보내면 과부
들은 약속한 날짜에 맞춰 그걸 요리하여 술상을 차려놓고
두근두근 기다렸지요 그렇게 만난 두 사람이 밤새 서로의
배를 타고 놀았으니 이보다 누이 좋고 매부 좋은 일이 또 어
디 있겠어요 허나 동이 트면 무슨 거짓말같이 훌훌 털고 남
남으로 돌아섰다니 이들의 몰래 사랑법이야말로 쿨하기 비
할 바 없지요 비록 하룻밤 풋사랑이긴 해도 서로의 처지를
짠하게 여기는 마음이 있어 때론 코끝이 찡해지지요

섬의 리비도 5
─ 밤달애* 망자의 말

워매워매 참 달도 밝네그려 그랑께 오늘밤이 내 출상 전
야인가 사람들이 죽은 나랑 남은 처자석들 달랠라고 떠들썩
하게 밤샘놀이를 벌이는 모양인디 하이고 관 속에 가만 누
워 듣고 있을랑께 오금이 쑤시고 입이 근지러워 도저히 못
참을 것 같아 한마디하고 갈라요

여보씨요 동네 사람들, 바쁠 텐디 나 죽었다고 이렇게들
와서 거들어주고 울어주고 웃어주고 놀아줘서 참말로 고맙
소 노상 슬픔을 바다에 묻고 살아온 우리들인디 새삼시럽
게 초상집이 울음바다가 될 필요 있것소 나같이 오래 산 늙
은이가 죽으면 경사로다 축제를 벌이는 것이 대대로 우리
동네 전통 아니것소 그랑께 오늘밤은 만사 작파하고 한판
신명나게들 놀다 가씨요~잉 그래사 나도 기분좋게 저승길
에 들것소

저어기 무당님들, 아까 거사-사당놀이 할 때 말이요 음담
이 어찌 그리 질펀하고 노골적인지 아따 배꼽 빠질 뻔했소
관 틈으로 빼꼼히 내다보니 마을 여인네들도 차마 민망해설
랑 얼굴을 돌립디다 특히나 사당과 중이 몰래 관계를 갖는
장면에서는 젊었을 때 바람피우던 생각이 나서 할멈한테 쩔
끔 미안도 했지만 깐딱하면 죽었다가 불끈 도로 살아날 뻔
했소 그리고 진도댁이 부른 육자배기와 흥타령은 이녁 허리
같이 낭창낭창합디다 그 구성지고 걸쭉한 소릴랑 저승 가서

도 절대 못 잊것소

　여보 할멈, 평생토록 고생만 시켜 미안하고 또 미안하시
나 먼저 간다고 서운해하지 마소 우리 아들내미 딸내미들
아, 너무 슬퍼들 마라 죽는 것이 별거시라냐 그냥 잠잘 때
꿈꾸는 것이랑 다를 거 없어야 그리고 메느리야, 늙은 씨압
씨 수발드느라 여태까장 겁나게 고생 많았다 니가 겉으로는
서럽게 울지만 속으로는 기뻐할 줄 내 다 안다 그러니 다들
인자는 살아생전 맺힌 것들 훌훌 풀어버리고 오늘밤 즐겁게
놀아라 무담시 슬픈 척하지 말고 저 동네 사람들이랑 어울
려 웃고 춤도 추고 그래라~잉

　그리고 마지막으로 저승사자님들, 나 저승 가면 염라대왕
님한테 뭔 벌을 받을랑가는 모르것소만 그건 저승 가서 따
질 일이고 맨날 궂은일 하느라 스트레스도 많이 받았을 텐
디 기왕에 오늘밤 이승 잔치판에 들른 김에 한번 날이 새도
록 결판지게 놀다나 갑시다요

* 밤달애:신안군 비금도의 장례풍습. '밤(夜)'과 '달래다'에서 어간
'달래'의 옛말인 '달애'가 결합된 복합어.

섬의 리비도 6
― 해안초소의 꽃

　다도해 절경마다 해안초소가 즐비했는데요 섬으로 기어
드는 간첩을 잡으려고 전경들이 보초 근무를 섰지요 그런
데 이 초소 주변에는 해당화도 원추리도 피지만 그보다는
진짜 꽃들이 사시사철 피어났다지요 그게 대체 무슨 꽃이
냐고요? 막막한 섬에서 날마다 바다만 바라보는 전경들을
위해 피는 풋풋한 섬 처녀 꽃이지요 이 꽃들은 섬 총각들은
거들떠도 안 보고 애오라지 해안초소를 향해서만 자발적으
로 피어났지요 전경들이 손짓만 해도 선착순으로 피었다지
요 밤이고 낮이고 다투어 꽃을 피웠다지요 어떨 때는 물질
하여 따온 귀한 전복도 가져오고 또 어떨 때는 산에서 따다
담근 산딸기주도 몰래 감춰오고 하여튼 있는 것은 아낌없
이 가져다 바쳤다지요 술이 얼근 취해 한바탕 산다이 판이
벌어지고 나면 다들 산으로 바닷가로 쌍쌍이 흩어져선 초
소가 텅텅 비기 일쑤였다지요 허나 섬 처녀 부푼 가슴 같은
시간은 썰물처럼 빠져나가 복무를 마친 전경들이 하나둘씩
섬을 떠나갔지요 무정하게시리 뒤도 안 돌아보고 섬을 빠져
나갔지요 그때마다 울음바다엔 꽃 이파리들이 참 서럽게는
떠다녔다지요 해안초소의 꽃들은 매양 그렇게들 피었다가
졌다지요 지금이야 섬과 뭍이 가까워져 지난 이야기가 되
었지만 그 시절 이미자의 '섬 처녀'도 조미미의 '바다가 육
지라면'도 이를 배경으로 나온 유행가 아니겠어요 이게 죄
다 천형 같은 섬에서 벗어나고 싶은 일념 하나로 피어난 섬
처녀 꽃들의 비원 아니겠어요

섬의 리비도 7
— 형사취수(兄死娶嫂)

형이 죽으면 동생이 형수를 데리고 사는 일을 형사취수라 하지요 헌데 고구려적에나 있었다는 케케묵은 이야기를 왜 꺼내냐고요? 서남해 어느 외딴섬에는 이 믿기 어려운 풍습이 어렴풋이 남아 있기 때문이지요 이 첨단문명시대에 그게 어떻게 가능한가를 묻기 전에 그럴 수밖에 없었던 속내를 들여다보면 참 눈물나지요 각시가 둘이라 좋겠다 야릇한 웃음을 흘리는 일도 냉큼 사라지지요 어떤 이는 형의 유산을 빼앗기지 않기 위해서라 하고 어떤 이는 일손을 보태기 위해서라지만 아무래도 그보다는 생활고를 덜기 위해서가 아니겠어요? 재혼이라면 몰라도 일찍이 남편을 바다에 묻고 여인네 몸으로 자식들 건사하며 사는 일이 섬에서 어디 그리 쉽겠어요? 아무리 궁리를 해도 해결책이 없는지라 형사취수를 택할 수밖에 없었을 거라는 이야기지요 그러니 이를 두고 야만적이라느니 비윤리적이라느니 비난만 할 수 있나요? 되려 이 고구려적 시간을 사는 여인네들을 감싸안고 등이라도 사분사분 두드려주는 게 좋지 않을까요?

섬의 리비도 8
— 흑산도 작부들

  작부라면 주저 없이 흑산도 작부들을 떠올리겠네

  새파랗게 비리고 보드라운 살집의 어린것도 어린것이지
만 그보다는 세파를 두루 만나 곰삭을 대로 곰삭은 젓갈처
럼이나 깊은 맛과 향내를 풍기는 흑산도 늙은 작부들에게
속절없이 마음 이끌리겠네

  뭍에서 청춘을 다 덜어낸 텅 빈 조각배로 떠밀려와 이제
더는 갈 곳 없이 유형의 섬에 닻을 내린 그네들

  거친 풍랑과 싸우다 돌아온 사내들 위해 밤새 해당화로 붉
게 피어나 그 어혈의 삭신들 넉넉하고 따뜻한 자궁으로 품
어주고 시김새 치런치런한 산다이 가락으로 풀어내어선 이
른 새벽 다시 바다로 돌려보내는 그네들

  정작 이녁들 몸은 난파선처럼 부서지고 떨어진 그물처럼
숭숭 구멍 뚫려 너덜너덜해져선 종내는 섬처럼 까맣게 애간
장 타버린 그네들 정든 누님 같은 그네들

  작부라면 그런 맛과 멋쯤 풍성하게 지녀야 하지 않겠나

  그쯤 되어야 그 옴팍하고 아늑한 자궁에 숨어들어 한세
상 모진 풍파를 견뎌봄 직하고 그 서글프도록 아름다운 가

― 락의 그늘에 누워서야 비로소 아픈 몸과 맘 달랠 볼 수 있
지 않겠나

—

섬의 리비도 9
― 뜀뛰기 강강술래

비금도에는 뜀뛰기 강강술래가 있지요 강강술래면 강강
술래지 뜀뛰기 강강술래는 또 무어냐고요? 그야 그냥 강강
술래가 아니라 뜀을 뛰면서 힘차게 돌아가는 강강술래이지
요 그것도 여자들만이 아니라 남녀가 함께 어울려 노는 강
강술래이지요 더욱이 처녀 총각들이 평소 맘에 둔 상대와
짝을 지어 손에 손을 잡고 가랑이를 벌리며 펄쩍펄쩍 공중
으로 치솟아 올랐다 내려오는 모습을 상상해보세요 뭔가 이
상야릇한 느낌이 들지 않나요? 눈길이나 손길로 전해져오
는 촉감도 촉감이지만 뛰다가 서로의 엉덩이에 수도 없이
몸이 닿게 되는 건 또 어떻고요 그렇게 땀범벅이 되도록 정
신없이 놀다보면 어느새 흥분되고 연정이 싹터올라선 그대
로 부부의 연을 맺게 되는 경우가 많다니 강강술래치곤 참
유별나지 않나요? 그래서 이곳 사람들은 일명 짝짓기 놀이
라고들 하지요 허나 짝을 구하기 어려웠던 섬 총각들의 속
내를 들춰보면 꼭 흥겹고 재미있는 놀이라고만 할 수 없지
요 그런 지혜를 발휘해서라도 장가를 들어야겠다는 참 짠하
고도 절실한 연애방식이니까요

섬의 리비도 10
― 좆여

　다도해 어느 섬 기슭엔 좆여가 있다 만조 때는 바닷물 속
에 잠겼다가 간조 때 불쑥 드러나는 모양새가 꼭 발기한 좆
같다 하여 붙여진 이름이다 좆여에는 석화 같은 온갖 조개
들이 붙어 있고 해초들이 무성한 음모처럼 나풀거린다 물
고기들도 이곳을 은신처로 삼는다 그래서인지 사시사철 낚
시꾼들로 바글거리고 해녀들도 즐거워라 주변을 헤엄치며
물질을 한다 허옇게 거품을 문 파도들이 끊임없이 좆여를
기어오르며 애무를 한다 제 좆 같은 시커먼 몸뚱어리 하나
로 조개며, 해초며, 물고기며, 해녀를 건사하는 좆여는 거
대한 석불이다 그 존재감 하나로 다도해 풍경이 질펀하다
우뚝하다

섬의 리비도 11
― 방아섬 남근석

선녀들이 내려와 엉덩방아를 찧었다는 관매도 방아섬 정
상에는 거대한 남근석 하나가 우뚝 솟아 있지요 무슨 버섯
처럼 생긴 이 자연산 바위는 관매도 일대의 섬 여인네들에
게는 신앙의 상징으로 통하지요 아이를 갖게 해달라 빌면
아이를 점지해주고, 고기가 많이 잡히게 해달라 빌면 만선
이 되게 해주고, 나이들어 풀이 죽은 남편의 거시기에 힘을
불어넣어달라 빌면 뻣뻣하게 일으켜세워주지요 어디 그뿐
입니까 먼바다로 고기잡이 나갔다 돌아오는 뱃사람들에겐
등대 구실까지 해준다니 그야말로 살아 있는 생불이 아니고
무엇입니까 그래서 관매도 여인네들은 갯일을 하다 힘이 들
면 시시때때 남근석 쪽을 바라보면 위안을 얻는다지요 지금
도 배를 타고 방아섬 주변을 지날 때면 처녀들은 부끄러워
노을처럼 얼굴 붉히고 아주머니들은 그 우람한 모습을 우러
르며 물비늘 가득한 웃음바다가 되고 맙니다

섬의 리비도 12
— 조도군도 젖무덤

올망졸망 섬들이 새떼처럼 흩어져 잠방거린다는 조도는 한때 '좆도가리'* 혹은 '좆대가리'라는 말로 서러운 멸시를 받았지요 헌데 그 멸시를 그냥 멸시해도 좋을 만큼 황홀한 젖무덤들이 떠 있는 곳이기도 하지요 느닷없이 왠 젖무덤이냐고요? 한번쯤 도리산 전망대에 올라가 조도군도를 빙 둘러보세요 청둥오리떼 같은 섬들이 일시에 봉긋한 젖무덤으로 바뀝니다 누구 것이 더 탐스럽고 매혹적이냐 자랑하듯 널려 있는 젖무덤들 앞에서 그만 입이 쩍 벌어집니다 얇은 비단 물안개라도 끼는 날이면 보일락 말락 더욱 애간장을 태우지요 그 황홀경에 눈이 먼 남자들은 아예 배를 빌려 타고 가설랑 젖무덤을 기어오르려고도 하지요 하지만 가까이 다가가면 시커먼 돌섬으로 바뀌고 맙니다 아득한 시원의 조도 바다에는 아직도 팜므파탈이 살고 있습니다 그것도 떼를 지어 살고 있습니다 오늘도 거친 파도들에게 젖을 물린 채 온몸을 뒤틀며 신음하고 있습니다

* 좆도가리:'조도＋갈＋이'의 연첩어로서 '조도 갈 사람'을 뜻한다. 예전엔 조도 가는 뱃길이 멀고 험해서 목포에서 배가 하루 한 차례밖에 없었는데, 안내원들이 선승을 재촉하며 외치던 말이다. '좆대가리'는 이 말을 한번 더 뒤튼 것이다.

3부

아주아주 작은 집

농어

내 사랑은 이승과 저승에 두루 뻗쳐서
밤마다 꿈의 바다에 낚싯대를 드리우네

너는 이승에서 내가 놓친 대물 농어
그 어떤 물고기로도 대신할 수 없는 월척

네 퍼덕이는 영혼을 다시 건져올리기 위해
이승의 경계 너머 저승까지 찌를 흘렸지

생의 절반이 썰물처럼 빠져나간 어느 날이던가

마침내 농어가 낚시를 물고 늘어졌네
세계가 감전된 듯 밤새 전율이 계속됐지

수면을 박차고 치솟는 요란한 바늘털이로
이승의 잠이 은비늘처럼 부서져내렸지

그렇게 너는 전설처럼 내 뜰채에 담겼지만
끝내 너의 영혼을 이승으로 견인할 수 없었네

눈을 뜨자 다시 놓아주는 것으로
내 오랜 기다림의 농어낚시는 끝났네

밴댕이

공복에 싸락눈 들치는 저녁
만선식당에 들러 밴댕이회 한 접시 시켜놓고
철없이 날뛰던 시절 어머니 꾸지람 떠올린다
"속창아리 없는 놈"
하긴, 어미 속을 다 들어 내먹고도 허기진
그런 소갈딱지 없는 놈이었으니
그보다 더 맛깔나게 어울리는 육은 없었을 터
이제 와 돌아보매 참회가 빗발치는데
왜,
창자 없어 물고기로 취급도 않고 버렸다는
두엄벼늘에서 주구장창 비린내 풍기며 썩어가던
그 지지리도 못난 밴댕이가 이리 맛있는 것이냐
추회를 곁들여 먹는 맛이 아프고 썩썩하지만
어찌 이리 차지고 고소한 것이냐
오늘도 기름기 잘잘 흐르는 그 맛 못 잊어
목포수협 뒷골목 허름한 만선식당
하염없이 미어터지는 것이냐

어머니, 지독한

대학 시절 지독한 열병을 앓은 적이 있다
조금만 움직여도 내장이 파열되는지라
면도도 세수도 머리도 감지 못한 채
한 달간 병원에서 꼼짝없이 누워 있었다
한끼에 미음 한 숟가락씩만 먹었던 나는
퇴원 때 깡마르고 험상궂은 반란군이었다

몸을 회복시키기 위해 칠순 어머니는
고향집에서 기르던 개를 손수 잡으셨다
당신을 그렇게 좋아라 따르던 황구였다
독하게 마음먹고 밧줄로 목을 조른 뒤
지게에 지고 개울가에 나가 해체했다 그때
나는 어머니가 지독하다는 걸 처음 알았다

날마다 어머니는 개고기를 끓여 먹이셨다
그때마다 나는 죽은 황구를 생각했다
그로부터 달포쯤 지난 어느 날이던가
황구가 온전히 내 몸 안으로 들어왔다
그 힘으로 서서히 몸을 일으켜세운 나는
다시 세상을 향해 컹컹 짓기 시작했다

마을 뒤쪽을 에돌다

나의 성묘는 늘 마을 뒷길이다
어스름이 내리는 시간을 틈타 몰래 다녀온다

왜일까 왜일까 생각해본다

딱히 부끄러울 것도 없고, 무슨 죄를 지은 것도 아닌데
선선히 마을 앞길을 지나가지 못하겠다

이빨 빠진 노인네들만 갈갈거리는 철 지난 제비집 같은
고향

사방팔방에 찍힌 발자국들이 벌떡 일어나 멱살을 잡을 것
같아서
추억이 너무 쑤시고 아파서 차마 정면 돌파하지 못하겠다

골목 어디쯤에선가 아직껏 숨어 기다리던 옛사랑이
불쑥 나타날 것 같아서 못내 정면 돌파하지 못하겠다

나의 성묘길은 늘 마을 뒤쪽이다
그림자조차 지우고 에돌아 빠져나온다

어떤 설화

뒷산에서 여시와 부엉이가 번갈아 우는 밤이면 어김없이 사람이 죽어나갔다

때로는 여시가 망자의 집 마당까지 들어와 캑캑거리고 부엉이가 울타리 주변을 디룩거렸다

초상집 호곡성이 새어나오고 지스락에선 유성처럼 꼬리를 단 혼불이 날아가 들판에 떨어졌다

십 리 밖에서도 망자의 살냄새를 알아보는 여시와 밤이면 퍼런 손전등을 두 개나 켜들고 찾아오는 부엉이를 모두들 저승사자라 불렀다

마을에 전등이 켜지면서 저승사자들은 오지 않았고 망자들은 길동무를 잃었다

쪽빛 편지

남녘 가을바다는 한 폭의 쪽빛 비단 같다 소슬한 바람이
비단 폭을 펄럭일 때 찬란한 햇빛이 자디잔 글씨로 쪽빛 가
을편지를 쓴다

우윳빛 봄바다와 뻘물투성이 여름바다를 거쳐 쪽빛 투명
한 피부로 빛나는 남녘 가을바다 거기 이미 생의 반환점을
돌아온 사내 하나 있어 종일토록 바닷가에 앉아 쪽빛 편지
를 읽어내리면 지난 사연들이 모두가 쪽빛으로 되살아나
겠다

저물 무렵 남녘의 가을바다는 쪽빛 비단을 거둔다 노을이
쪽빛 편지를 불태우며 떨어진다 내일은 가을바다의 쪽빛이
더욱 짙어지겠다

시간여행
― 한골목*에서

불현듯 앞만 보고 내달리던 자동차가 비상등을 깜박일 때, 새롭다는 말이 항상 오늘과 내일에만 어울리지 않는다 생각될 때, 나는 끼이익 핸들의 방향을 360도로 꺾어 한 오백 년 전쯤의 퇴락한 시간 속으로 잠입해 들어간다

수백 살 은행나무가 예나 지금이나 늦가을 환히 밝히는 한 골목 하멜 일행이 쌓았다는 고색창연한 빗살무늬돌담을 꿈꾸듯 느릿느릿 소요할 때 나는 어느새 과거 속에 있다 말을 탄 일군의 병영성 군사들이 지나가고, 새벽에 먼 곳으로 봇짐장사를 나갔던 병영 상인들이 돌아오는 발자국소리 들리고, 골목 모퉁이에서 몇백 년 전 노파가 아장아장 걸어나와 말을 걸어온다 어제가 오늘이다

정녕 시간은 앞으로 앞으로만 흘러가는 것인가 저 돌담에 뛰노는 햇볕은 언제적 것인가 집집마다 주렁주렁 내걸린 호롱불 홍시들은 또 언제 열린 것인가 과연 어제의 시간은 저 허물어진 성터처럼 퇴락한 것인가 숱한 의문에 취해 오늘을 망각한 채 한골목 허름한 주점에 엎드려 있는데

띠리릭, 핸드폰 벨소리가 황급히 오늘을 깨운다

* 한골목:전남 강진군 병영면에 있는 옛 골목. 조선시대 하멜 일행이 억류생활 때 쌓았다는 빗살무늬돌담이 유명하다.

卒

어머니 묘소에 큰절하고 비석 뒷면을 살펴보니
생몰년월일 앞에 한자로 生과 卒이 새겨져 있다
生은 그렇다 치고 왜 死가 아닌 卒일까 궁금해하다
인생이 배움의 과정일지도 모른다는 생각이 들었다

그렇다,
사람은 태어나자마자 이승이라는 학교에 입학하여
인생이라는 기나긴 배움의 길에 오른다
하지만 우여곡절과 신산고초의 과정 속에서
희, 로, 애, 락, 애, 오, 욕까지를 제대로 익히고
무사히 졸업을 한다는 건 그리 쉬운 일이 아니다
어떤 이는 못 견디고 너무 일찍 자퇴하거나
어떤 이는 병이 들어 중도에 휴학을 하며
어떤 이는 불성실하여 퇴학당하기도 한다

그러니 내 어머니는 그냥 사망하신 게 아니다
여든 해 동안 인생의 전 과목을 두루 이수하시고
이승이라는 파란만장한 학교를 졸업하신 것이다
저승이라는 또다른 배움의 과정에 드신 것이다
무덤 옆의 저 비석은 자랑스러운 졸업장이다

서남해에 가면

서남해에 가면 어머니가 있다
바다에 살점을 다 내주고 뼈만 앙상한 기슭에
제 속에 무수한 생명을 품은 질펀한 갯벌에
파란과 굴곡의 길이 한없이 이어지는 해안선에
어머니가 있다, 세상의 모든 어머니가 있다

서남해에 가면 불효자식이 있다
침식의 기슭을 부여안고 파도처럼 울부짖는
맨발로 갯벌 위를 걸어가며 가슴 뭉클해지는
서편 하늘 바라보며 노을처럼 얼굴 붉히는
불효자식이 있다, 세상의 모든 불효자식이 있다

그늘

  가난이라는 그늘이 싫어 필사적으로 아버지라는 철조망을 뚫고 달아났네

  슬픔이라는 그늘이 지겨워 흑흑거리며 어머니라는 눈물의 강을 헤엄쳐왔네

  폭력이라는 그늘을 되밟지 않으려 아버지라는 권위를 자진 철회하고 싶었네

  원망이라는 그늘을 남기지 않으려 어머니라는 모성 앞에 무릎 꿇고 싶었네

  허나, 가난이나 슬픔이나 폭력이나 원망의 그늘은 쉽사리 지워지지 않았네

  되려, 오래된 그늘에 새로운 그늘을 새끼 치며 무섭게 뻗어나가고 있었네

  오랜 삭임 끝에야 드리운다는 말갛고도 흰 그늘은 아직 찾아오지 않았네

옛집 마당에 꽃피다

옛집 마당을 숨어서 들여다본다

누군가 빈집을 사들여 마당에 텃밭을 가꾸었나
온갖 꽃들이 지천으로 피어 있다

울며 맨발로 집을 뛰쳐나왔던 내 발자국 위에
울음꽃 대신 유채꽃 고추꽃 환하다
어머니 아버지 뒤엉켜 나뒹굴던 자리에도
언제 그랬느냐는 듯 깨꽃 메밀꽃 어우러졌다

불화의 기억 속으로 화해가 스민 것인가

가만히 귀기울이니 식구들 웃음소리 들린다
폭력의 아버지도 눈물의 어머니도
뿔뿔이 흩어졌던 형제들도 모두들 돌아와
마당에 꽃으로 웃고 있다

슬며시 옛집 마당에 들어가 꽃으로 서본다

아주아주 작은 집

후미진 바닷가에 사는 작고 하찮은 것들을 아시나요
그들이 사는 아주아주 작은 집을 눈여겨본 적 있나요

평생을 갯바위에 붙어사는 따개비, 석화, 홍합의 집
날마다 갯벌 위에 길을 내며 엎어져 있는 갯고둥의 집
소라나 고둥의 빈집에 세들어 사는 소라게의 집
뻘밭에 구멍을 내고 사는 짱뚱어, 갯지렁이의 집……

우리가 발로 밟기만 해도 깨지고 망가질 집이지만
그들의 집이 있어 바닷가는 쓸쓸하지 않습니다
그들에게도 일생이 있고 세계가 있습니다
그들의 집에도 해와 달과 별이 뜨고 집니다
그러고 보면 우리가 사는 집은 너무 크지 않나요
우리가 가진 것 또한 너무 많지 않나요

후미진 바닷가에 사는 작고 하찮은 것들을 아시나요
그들의 이름을 다정한 친구처럼 불러본 적이 있나요

씨의 입

'씹'이라는 순우리말이 있지요
'씨(種)'와 '입(口)'을 합친
'씨입'이 줄어서 된 이 말은
'씨를 들이는 입'과
'씨를 들이는 일'이라는 뜻을
함께 품고 있지요

무슨 상스런 욕이나
음담에 쓰는 속된 말이 아니라
생명 탄생의 입구와 출구
생명 탄생의 행위가 들어 있으니
세상에 이처럼 성스러운 말이
또 어디 있을까요

무릇 모든 생명 있는 것들은
'씹'을 등지고 살 수 없습니다

'씨'가 좋아야, '씹'을 잘해야
건강한 싹을 틔우고
힘차게 가지를 뻗고
튼실한 열매를 맺을 수 있지요

그렇게 생각하면,

'썹할 놈'은 결코 욕이 아닙니다
오히려 '썹 못 할 놈'이야말로
가장 서럽고 치명적인 욕이지요

'썹'이라는 이 한마디 속에
세계의 존폐가 달려 있습니다

거다리

'거다리'는 사전에도 없는 말, '걸다'와 '다리'가 만나 생긴 사투리다

이 말 속에는
어린 시절 한쪽 다리를 어미 다리에 떡 걸쳐놓아야만 잠이 들던 코흘리개가 있다

이 말 속에는
오래 등돌린 부부가 어느 날 서로에게 다리를 가만히 올려놓는 반전이 있다

단절과 불화의 벽을 일시에 허물고 소통과 화해의 다리로 함부로 건너가도 좋은

행여 거다리했다간 다리가 부러지는 세상에 간절히 그리워지는

아득히 사라진 말

거다리!

제4부

반딧불 한 점

추자도에서

마음이 견딜 수 없이 춥고 쓸쓸할 때
깨끗한 외로움 하나만을 데불고 추자도에 가리
바닷가에 조개껍데기처럼 엎어진 민박집을 얻어
아무도 몰래 꼭꼭 숨어 한겨울을 견디리
밤낮으로 바람 소리 파도 소리만 듣다 질리면
혼자서 사무치는 객수감에 몸을 떨기도 하리

나라 안에서 제일 힘센 바람과
제일 사나운 파도가 산다는 추자바다
거기 징검돌처럼 점점이 놓여 있는 섬들
그래서 추자도의 옛 이름은 후풍도
모진 풍랑을 피해 숨어들기 좋은 곳
배도 사람도 바닷새도 물고기도
모두들 이곳을 기항지 삼아 숨을 골랐다지
때로는 유배객들이 제주에 이르기 전
이곳에서 갓을 벗고 그만 절명하기도 했으니
저 눈썹처럼 떠 있는 마흔두 개의 섬들이
어쩌면 그들의 억울한 영혼은 아니냐

몽돌들이 자갈자갈 우는 짝지에 앉아
춥고 눅눅한 마음을 널어 말리며 바다를 본다
오늘도 파도는 기슭을 하얗게 물어뜯지만
섬은 끝끝내 견고한 성채를 포기하지 않는다

굴복하지 않은 자존들이 섬들로 떠 있는 추자도
나도 그 차가운 바닷물에 몸을 담근 섬이 되어
깨끗한 외로움 하나를 담금질하고 싶다

시간의 무덤

우이도 돈목해수욕장 모래는
모래 같지 않다 하도나 잘아서
손으로 한 움큼 쥐면 그만 주르르
흘러내린다 너무나 가벼워서
먼지처럼 바닷바람을 타고 날아다닌다

그 바닷바람이 수억만 년 동안
시간의 흰 뼈들을 날라다 쌓은 곳에
우이도 모래언덕이 있다
잘 마른 시간의 무덤이다
거대한 시간의 공동묘지다

처음엔 저 모래알들도 굵은 자갈들처럼
서로 부딪치며 자갈자갈 울었을 것이다
그 자갈들 거친 파도에 닳고 닳아서
울음을 제 속에 희미하게 감추었을 것이다

저 울음 속에 감추어진
소멸한 시간의 내력을 종일토록 읽는다

오늘도 하루를 소진한 해가
저 모래언덕 너머로 묻힌다
모래 한 알로 몸을 누인다

머잖아 너의 시간도 닳고 닳아서
저 모래 한 알처럼 바람에 불려갈 것이다

다꽃

꽃이다 세상 모든 것들은
저마다 꽃을 피운다

화려하고 귀한 꽃에서부터
풀섶 희미하게 웃고 있는 들꽃까지

시간의 검버섯 핀 돌꽃, 쇠꽃, 곰팡이꽃으로부터
쓰라린 마음속에 피는 속울음꽃까지

아무리 하찮고 보잘것없는 꽃들도
저마다 색깔과 모양과 향기를 지니고 있다

저마다 뿌리내린 영토 안에서
안간힘으로 스스로를 피워낸다

꽃이다 알고 보면
너도 나도 다, 꽃이다
다꽃이다

나무의 사랑법

나무를 보면 날지 못한 것들이 생각난다
날고는 싶은데 날 수 없는 것들을 생각한다
햇빛 쏟아지는 하늘로 날아가고 싶어서
사방팔방으로 열망의 가지를 뻗고
그 가지마다 무수한 날개를 달며 파닥이지만
어쩔 수 없이 뿌리는 땅속을 향하는 것들
어쩔 수 없이 뿌리를 땅속에 묻어야 하는 것들
그래서 하늘과 땅 사이엔 나무가 있다
까마득한 그리움의 거리가 있다
직립한 채 하늘 향해 두 손 모으는
간절할수록 이파리가 무성한 기도가 있다
그리하여 찬바람 부는 늦가을이면
제 메마른 이파리들을 아낌없이 털어
하늘로 날려 보내는 나무의 사랑법이여
닿을 수 없는 아득한 그리움이여

한림

그 마을, 그 호젓한 산골 마을에 나를 미워하는 네가 살
았지

늘 안으로 들어가지는 못하고 멀찌감치 숨어서만 바라보
았지

그 마을, 그 멀고 가까운 마을에 내가 사랑하는 네가 살
았지

하염없이 바라보는 동안 너는 어디론가 훌쩍 떠나고 없
었지

그 마을, 그 폐허의 마을에 네가 아닌 내가 들어가 살았지

끝내 못 떠나는 마음이 우우 산짐승처럼 울부짖으며 살
았지

서산동 할매집

서산동 언덕배기 보리마당에는 칠순 할매가 간판도 없이 막걸리를 파는 집이 하나 있는데요 이곳에서 한번 술잔을 기울인 사람은 다시 안 오고는 못 배기지요 대체 술맛이 어쩌길래 그리 허풍을 떠느냐고요? 온금동과 이웃한 서산동은 목포에서 소문난 달동네 짜디짠 가난에 절인 섬사람들이 뭍으로 건너와 배도 타고 부두 노동도 하며 제비집처럼 깃들어 사는 곳 요즘엔 보기에 근천스럽다 재개발 지역으로 낙인찍힌 곳 허나 폭폭한 삶 너머 풍광만큼은 죄 없이 아름다워서 한국판 몽마르트르 언덕이 따로 없지요 낮이면 목포 앞바다와 다도해가 한 폭 수묵화로 펼쳐지고 밤이면 애옥살이 집들이 켜든 자잘한 불빛들이 눈물 글썽이지요 그 모습 바라보고 있노라면 마음은 무담시 짠하고 막막해져서 술 한 잔 하고 싶은 생각이 도리 없이 목구멍을 타고 넘어가지요 해질녘 섬과 바다를 붉게 물들이며 떨어지는 노을은 또 어떻고요 이러니 풍광을 곁들여 마시는 술맛이 서럽도록 황홀하지 않으면 어쩌겠어요 그 맛에 한번 길든 사람이면 시시때때 할매집이 눈앞에 삼삼해설랑 워매워매 그 징하디징한 깔크막을 헉헉대며 기어오를 수밖에 없으니 이만하면 그냥 쓰잘떼기 없는 허풍이라고 타박하진 않겠지요

겨울 배추

한겨울 들판을 거닐다보면
저물도록 밭에 웅크리고 있는 것들이 있다

사람들이 일을 하고 있나보다 다가가보면
폭삭 내려앉은 겨울 배추들이다
옹기종기 모여 앉아 있는 모습이 영락없이
몸뻬에 흰 수건 두른 시골아낙들이다
어찌 보면 그 시골아낙들이 흰 엉덩이를 까고
몰래 쉬를 하고 있는 것도 같다
시든 겉잎을 하나씩 벗겨내니
희고 둥근 엉덩이가 오롯이 드러난다
속살을 깊이 들추어볼수록
노랗고 연한 잎들이 빼곡히 들어차 있다
그 모습이 어미가 새끼를 품고 있는 것 같아
가만 손을 넣어보니 따스하다
거칠고 뭉툭한 잎을 뜯어내자 투둑
밭을 매다 허리 펼 때 나는 소리가 난다
지그시 한 잎 베어무니 달착지근하다
겨우내 온갖 풍상을 다 겪은 맛과 향이 있다
사람도 저와 같아서
신산고초의 시간을 오래 견딘 자가
저렇게 앙팡지고 둥글어지리라
저절로 곰삭은 맛과 향을 지니리라

072

이른봄 재래시장엘 나가보면
몸빼에 흰 수건 두른 시골아낙들이 앉아 있다

이등바위論

유달산 이등바위를 오르며 생각한다
이등이 있어야 일등이 있는 법이라고
아무리 올림픽 은메달을 많이 따봐야
금메달 한 개보다 안 쳐주는 것처럼
일등과 이등은 하늘과 땅 차이라지만
이등 없는 일등은 의미 없는 법이라고

하지만 모두들 일등바위로 직행한다
한번쯤 이등바위를 들를 법도 한데
이등바위 정상이 궁금할 법도 한데
아예 쳐다보지도 않고 그냥 올라간다
서로 밀치고 헉헉대며 길을 재촉한다

드디어 일등바위 정상에 오른 이들은
이등바위를 내려다보며 환호성 지른다
다도해를 굽어보며 천하를 호령한다
하지만 난간 끝에서 호기를 부리다
까마득한 벼랑으로 추락하기도 한다

유달산 이등바위에 올라가 생각한다
이등이 일등보다 넉넉하고 편하다고
일등은 더이상 올라갈 곳이 없지만
이등은 일등을 바라볼 수 있어 좋다고

뒤돌아보면 삼등과 무수한 등급이 있고
심지어 등급마저 지운 무등도 있다고

무위사

중생들과 친해지려고
마을과 가까워지려고
월출산 비경을 멀리한 채
평지로 내려와 터를 잡았을 게다

성과 속의 울타리가 없으니
절간과 마을이 그냥 이웃사촌
먼 심산유곡 절경일 필요 있나
저 혼자 속세 초월한들 뭐하나
엎드리면 코 닿을 곳에 있어도
밥 먹고 마실나가듯 아무 때나
마음 편히 들렀다 가면 그만이지

한겨울에도 햇볕이
병아리처럼 오종종 모여 있는 곳
언제라도 힘들고 외로우면 찾아가
춥고 눅눅한 마음 말리고 싶은 곳

어머니 같은
이웃집 아저씨 같은
세상에서 가장 편한 절간의 이름
무위사

절벽이 절경을 만든다

절벽에는 서늘한 정신이 산다

이미 놓을 것 놓아버린 것들은
허.공에 마음의 집을 짓는다
더이상 무너질 것 없는
마음의 형상이 절벽이다
그래서 가파르고 우뚝하다

절벽에 깃들어 사는 것들은
위로 솟구치는 힘을 갖고 있다
낙산사 의상대 금강송은
일필휘지 하늘로 직립한다
절벽의 힘으로 절벽을 넘어선다

그리하여 파도 으르렁거리는 거기
깎아지른 마음의 백척간두에
해동청 한 마리 그린 듯 떠 있고
동해 시퍼런 수평선의 구도 위로
시뻘건 해가 진경으로 걸린다

절벽이 절경을 만든다

허공을 사는 남자

그는 도심 한복판 주상복합아파트 40층에 홀로 산다 나이 40이 되면서 지상으로부터 허공으로 분가했다

매일 한 번씩 지상과 허공을 오가며 산다 그는 아침이면 출근하기 위해 엘리베이터로 수직 하강했다가 저녁이면 퇴근하기 위해 다시 수직 상승한다 추락과 비상을 번갈아 산다 아찔한

밤이면 그는 까마득한 허공의 별이다 허공에서 샤워를 하고 허공에서 저녁밥을 지어먹고 허공을 걸어다니고 허공에서 TV를 보다 허공에서 잠이 든다 생의 절반을 허공에 떠 있다

독신인 그는 허공을 즐긴다 스스로를 드높이 가둔 공간에서 외로움과 그리움은 친구요 연인이다 아무도 찾아오지 않는 고도에서 소외와 단절은 가족이며 이웃이다 늘상 허공에서 공허한 행복감에 몸서리친다

가끔씩 그는 먼 우주의 어느 별로 이민을 떠나는 꿈을 꾼다 죽어서도 지상이 아닌 우주로 공중부양하듯 묻히기를 바라는

그는 누구인가?

달의 보폭

보름달은 제 보폭을 보여주지 않지만
달팽이보다 느리게 산을 기어올라가서
어느새 꼭대기에 둥근 얼굴을 올려놓는다

보름달은 제 날개를 보여주지 않지만
풍선보다 가볍게 공중으로 날아올라서
어느새 중천에 환한 거울을 걸어놓는다

그리하여 보름달은
제 빛의 살점을 잘게 뜯어 만물을 살린다
밤새 어둡고 적막한 것들의 친구가 된다
나무 이파리 한 잎에도 저를 내어준다

아무런 말없이
누구에게도 들키지 않은 채 움직이는
저 정중동의 은밀한 세계

느리고 둥근 것은 저토록 영원하다

개안

봄날 가지마다 내걸리는
저 신생의 불립문자들

또록또록 눈을 뜨는
무수한 연두색 開眼이여

아으!

그걸 보고 연방
감탄사로나 신음하는
시인아,

4월엔
舊態여, 시를 쓰지 말 일이다

어린것들의 눈부신 재롱 앞에서
침침한 눈이나 씻을 일이다

반딧불 한 점

아무도 없는 변방의 숲속 반딧불 한 점 켜져 있다

휘황한 불빛에 밀려 꺼질 듯 깜박이고 있다

별이고 꽃이었던 밤은 끝난 것인가

신화처럼 살아서 반짝이던 것들은 어디 갔나

다들 어디 갔나

우주를 공명하는 한의 울림

김경복(문학평론가, 경남대 교수)

1. 한의 복합성, 그 심원한 역설

햐, 요상하다. 야릇하다. 시가 이래도 되는 것일까? 김선태 시인의 이번 시집을 펼쳐들고 읽어볼 때 이런 마음을 먹는 것은 전혀 이상한 일이 아니다. 혼자 쿡쿡 웃음을 지으며 상상해보는 재미가 물씬 생긴다.

가령 "대바구라는 말을 들어본 적 있는지요? '대신 박아주는 놈'이라는 뜻이지요 아니 점잖지 못하게시리 거 무슨 상스런 소리냐고요? 처음 들을 때만 그렇지 깊이 들여다보면 그리 상스럽지도 않습니다 비록 지금은 명맥이 희미하지만 대바구는 전라도 어느 섬에 남아 있는 희한한 혼인풍습이지요 남자가 부족한 탓에 생긴 어쩔 수 없는 성적 욕망의 해소책이기도 하고요"(「섬의 리비도3—대바구」)라는 시를 접하면 한 판의 질펀한 판소리 사설 한마디를 듣는 듯도 싶고, 익살스러운 한바탕의 마당극을 보는 듯도 싶다. 정말 점잖지 못한 말이라 할 수 있는 '대신 박아주는 놈'에 빵 터지는 웃음보따리. 이 도발적 언사의 시원함!

거기에 더하여 "무릇 모든 생명 있는 것들은/ '씹'을 등지고 살 수 없습니다// '씨'가 좋아야, '씹'을 잘해야/ 건강한 싹을 틔우고/ 힘차게 가지를 뻗고/ 튼실한 열매를 맺을 수 있지요"(「씨의 입」)라는 시를 읽으면 진지한 어조 속에 익살과 신명을 능청스럽게 말하고 있는 것을 발견할 수 있어, 무료하고 건조하기만 한 일상을 팍 깨뜨리는 기분으로 인해 파안대소의 유쾌함을 떨칠 수 없다.

　이렇듯 시는 엄숙해야 되고 고상해야 된다고 생각하는 사람들의 고정관념이나 가식을 비웃기라도 하듯 김선태의 시는 거침없고 당당하게 펼쳐진다. 해학과 익살이 시를 힘차게 느끼게 함으로써 우리가 흔히 말하는 민중적 삶의 역동성이 역력히 느껴진다. 그런데 그의 시를 더 찬찬히 읽어보면 이런 익살과 신명 뒤로 사실은 더욱 많이 감춰진 민중의 한과 슬픔을 애잔하게 노래하고 있는 것을 발견하게 된다. 그의 시는 기쁨을 말하기에는 우리네 삶이 너무 고단하다는 사실을 드러내고 있고, 그리하여 슬픔만을 말하기엔 삶이 또한 너무 길고 절실한 것이기에 처량함을 기쁨으로 돌리기 위한 익살이 필요하다는 것을 깨우쳐주는 듯도 싶다.

　그래서 그의 시는 기쁨과 슬픔이, 한과 신명이 남도 젓갈같이 곰삭은 채 버무려 펼쳐져 이상도 하고 야릇하기조차 한 향기를 풍기는 것이다. 때문에 그의 시는 쉬이 그 행간의 결과 깊이에 가닿지 못하게 하는 아우라를 간직하고 있다. 그의 시를 제대로 읽기 위해선 그가 그려내는 마음의 풍경 속에 들어가 우리도 한번 남도의 한 사람이 되어 그들의 한과 흥에 빠져들어가 살아보아야 가능한 일이라고 주장하는 것처럼 말이다. 그의 시의 중심부에 이르기 위해선 도시와 일상이 주는 번거로움에서 벗어나 시가 주는 남도의 풍취에 흠뻑 빠져들어가볼 일이다.

　김선태의 시에서 한을 빼놓고 말할 수 있을까. 일찍이 남도 끝자락인 강진에서 태어나고 자란 뒤 광주와 목포에서 성장하고 자리를 잡은 김선태 시인은 이 땅에 드리워진 남도인의 한을 오래도록 내면화하고 있었을 것이다. 그의 시가 민중의 한을 이야기하는 것은 태생에서부터 이어져오는 남도인의 숙명을 수용하여 이를 마주하는 것이며, 더 나아가 이를 현실 속에서 실천 가능한 형태로 풀어내는 것이다.

한은 풀 수 없는 지극한 숙명적 슬픔을 이르는 것이지만, 그 한을 안고 살아가기엔 우리네 삶은 너무 절박하고 구체적인 현실로 다가오기 때문에 가슴에 맺힌 시름과 슬픔을 노래와 사설로 풀어내지 않을 수 없다. 가슴을 타오르게 하는 화병(火病)을 시원한 물로 달래듯이 황폐해져가는 마음의 한을 놀이와 노래로 달래지 않고는 살 수가 없는 것이 삶의 이치인 것이다. 김선태는 그런 남도인의 한을 그의 시에서 시대와 장소의 본질적 문제로 드러내고 그들의 삶이 일상적 현실의 무의미로 떨어지지 않게 지향적 의미를 부여하고 있다. 다음과 같은 시가 우선 바로 그런 경우를 보여주는 작품이 아닐까.

서산동 언덕배기 보리마당에는 칠순 할매가 간판도 없이 막걸리를 파는 집이 하나 있는데요 이곳에서 한번 술잔을 기울인 사람은 다시 안 오고는 못 배기지요 대체 술맛이 어쩌길래 그리 허풍을 떠느냐고요? 온금동과 이웃한 서산동은 목포에서 소문난 달동네 짜디짠 가난에 절인 섬

사람들이 뭍으로 건너와 배도 타고 부두 노동도 하며 제
비집처럼 깃들어 사는 곳 요즘엔 보기에 근천스럽다 재개
발 지역으로 낙인찍힌 곳 허나 폭폭한 삶 너머 풍광만큼은
죄 없이 아름다워서 한국판 몽마르트르 언덕이 따로 없지
요 낮이면 목포 앞바다와 다도해가 한 폭 수묵화로 펼쳐
지고 밤이면 애옥살이 집들이 켜든 자잘한 불빛들이 눈물
글썽이지요 그 모습 바라보고 있노라면 마음은 무담시 짠
하고 막막해져서 술 한잔 하고 싶은 생각이 도리 없이 목
구멍을 타고 넘어가지요

                             —「서산동 할매집」 부분

   시적 화자가 관심을 두고 있는 것은 "목포에서 소문난 달
동네 짜디짠 가난에 절인 섬사람들이 뭍으로 건너와 배도
타고 부두 노동도 하며 제비집처럼 깃들어 사는" 이야기, 곧
가슴에 한을 품고 사는 사람들의 이야기다. 그들의 삶은 더
없이 "폭폭한 삶"의 형태지만 그들이 살고 있는 장소는 "죄
없이 아름다워서 한국판 몽마르트르 언덕"이라고 부를 만
하다. 시적 화자의 눈에는 오히려 그들의 삶의 공간이 "목포
앞바다와 다도해가 한 폭 수묵화로 펼쳐지"는 아름답기 짝
이 없는 곳으로 다가온다. 가난과 근천스러움이 그들의 삶
을 팍팍하게 만들고 있지만 시적 화자는 그것들이 되려 아
름다움을 발산시키는 토대인 양 그려내고 있다.
   그것은 무엇을 말함인가? 그것은 시적 화자가 가난으로

인한 한을 슬픔의 대상으로만 보지 않고 슬픔을 이겨내는 또다른 힘의 근원, 즉 신명과 아름다움이 싹트는, 혹은 꿈틀거려 일어나는 복합성이 담겨 있음을 직관하고 있는 것을 말한다. 그러한 마음의 일단을 이 시에서 시적 화자는 "짠하고 막막해져"가는 마음으로 표현하고 있다. 이 마음은 그들의 한에 동감하면서 그들의 슬픔과 한에 좌절하지 않고 그들의 한이 갖는 아름다움과 슬픔을 초월할 힘이 있음을 믿고 있다는 마음의 표현이다.

이 시는 목포로 대변되는 서남해의 장소성을 드러내며 바다를 끼고 사는 사람들의 애환을 그려내고 있는 것이다. 다도해를 중심으로 바다와 섬, 그리고 가까운 연안으로 대변된 남도인의 숙명적 한을 서산동 할매를 비롯한 온금동 서산동 달동네 사람들의 이야기에 의탁하여 풀어내고 있는 것이다. 그 풀어냄 속에 남도인의 숙명적 슬픔을 애잔하게 그려내면서 슬픔과 처연에만 빠져 함몰되지 않게 또다른 삶의 원리라 할 수 있는 생명의 힘, 생활의 힘이 되는 신명과 아름다움의 내용을 담아내고 있다. 추후 언급하겠지만 김선태 시인이 이번 시집에서 의욕적으로 쓰고 있는 '섬의 리비도' 연작 시편도 다 이 해석의 연장선상에 있다고 해도 과언이 아니다. 예를 들어 "남편 잃은 아낙들이 오죽하면 '산다이 땜시 이 징한 세상을 산다잉' 했겠어요"(「섬의 리비도1—산다이」)라고 하는 표현은 바로 한과 신명의 복합성, 그 말로 설명할 수 없는 삶의 깊이를 보여주는 것이다. 그 시들은 남도 섬 주민이 갖는 본질적 한의 바탕에 그 한을 이겨내기 위한 신명이 더해져 결국 한의 복합성이 삶의 역설이 되고 더 나아가 삶의 원리 또한 상생과 융합의 카니발적 일탈과 재생으로 이루어진다는 것을 말해주고 있는 것이다.

이러한 한에 대한 의미는 한이 매우 복합적이고 심층적이어서 쉽게 그 실체를 드러내지 않음을 암시한다. 김선태 시인도 이를 직관적으로 인식했는지 그 자신도 한의 복잡한 상태를 대상과 동일시하면서 드러내고 있다. 다음 시편이 이를 잘 보여준다.

상한 짐승처럼 절뚝거리며 스며들고 싶었다 더는 갈 수 없는 작부들의 종착역

슬픔은 더 깊은 슬픔으로 달래라 했던가

늙은 작부 무릎에 슬픔을 눕히고 그네의 서러운 인생유전을 따라가고 싶었다

삭을 대로 삭은 홍어 살점을 질겅질겅 씹으며 쓰디쓴 술잔을 들이켜고 싶었다

그렇게 파란만장의 시간을 가라앉혀 제대로 된 슬픔에 맛이 들고 싶었다

때론 누추한 패잔병처럼 자진 유배를 떠나고 싶었다 살아서 돌아갈 수 없는 천형의 유배지

절망은 더 지극한 절망으로 맞서라 했던가

후미진 바닷가에 갯고둥 하나로 엎어져 흑흑 파도처럼 기슭을 치며 울고 싶었다

다시는 비루한 싸움터로 나아가고 싶지 않았다 그대로

애간장 까맣게 타버린 한 점 섬이 되고 싶었다
—「흑산도」 전문

이 시에서 한의 대상자는 흑산도라는 섬에 흘러들어온 '작부'다. 그런데 한의 정서를 드러내고 있는 것은 시적 화자다. 시적 화자는 "더는 갈 수 없는""종착역"에 다다른, "서러운 인생유전"을 갖고 있는 극한의 한을 지닌 작부를 대신하여 "슬픔은 더 깊은 슬픔으로 달래라 했던가""절망은 더 지극한 절망으로 맞서라 했던가" 하여 위로와 탄식을 내뱉고 있지만 실은 자신의 삶 속에서도 발생하는 한을 치유하기 위해 "쓰디쓴 술잔을 들이켜고 싶"고, "제대로 된 슬픔에 맛이 들고 싶"고, "후미진 바닷가에 갯고둥 하나로 엎어져 흑흑 파

도처럼 가슴을 치며 울고 싶"거나 "애간장 까맣게 타버린 한 점 섬이 되고 싶"은 것을 노래하고 있다. 이 감정은 실은 작부들의 감정일 터이지만 시적 화자 역시 한의 생리를 이해하고 받아들여 그 한을 삭이기 위한, 그렇다, "삭을 대로 삭은 홍어 살점"으로 표현된 한의 응축, 또는 승화를 위한 여러 가지 마음의 원망을 드러내고 있는 것이다.

문제는 이 시에서 한은 서럽고 슬픈 것이지만 그 한을 역설적 내용으로 받아들여, 즉 '슬픔을 더 깊은 슬픔으로 달래는 일이나 절망을 더 지극한 절망으로 맞서 극복하는 것'으로 나타내었을 때 이는 한의 변증적 승화의 내용을 드러낸다. 곧 한이 지극하면 세상의 이치가 극한은 다시 돌아오는 것처럼 신명의 세계로 이어짐을 암시하는 것이다. 그런 점에서 "후미진 바닷가에 갯고둥"이나 "애간장 까맣게 타버린 한 점 섬" 등의 이미지는 극한의 한이 그 슬픔을 말갛게 정화해버린, 즉 슬픔을 극한의 힘으로 응축해버린 감정의 절제와 신생의 원리를 암시하는 것이다. 이는 한의 대립에 신명을 설정하는 것이 아니라 한과 신명을 모두 아우른 융합의 삶, 복합성이 원리가 되는 프랙털의 구조를 이르는 것과 다르지 않은 것이다. 한의 깊고 깊은 상태에 이르면 새로운 삶의 길과 원리가 있다는 것을 시인은 본능적 직관의 시적 형상화를 통해 보여주는 것이다.

2. 곡선의 유장함과 자연과의 공명

  그리하여 이 한은 굴곡진 삶을 슬프면 슬픈 대로, 기쁘면 기쁜 대로 수용하면서 하염없이 살아가게 한다. 여기서 발생하는 한의 성격은 유장함이다. 쉽게 삶의 의미가 결판이 나는 것이 아니라 끊임없이 그러면서 쉬지 않고 이어가는 가운데 점차 그 본질적 의미가 드러나게 된다는 뜻에서 그렇다. 김선태 시인은 이를 강물이나 곡선의 형태에서 간취한다. 한의 생리를 아는 사람은 쉬엄쉬엄 넘어가는 고개나 능선의 구부러짐, 곧 힘이 달려 구부러질 수밖에 없는 곡선의 아름다움에 취하지 않을 수 없는 것이다. 다음 시가 이를 잘 보여준다.

    波~瀾~萬~丈,

    끊길 듯 끊어지지 않는 이야기여

    삶의 완창이여

    (……)

    曲과 折이 없다면

그 기막힌 S라인이 아니라면

어찌 가락과 춤이라 하겠느냐
                                  —「강」 부분

　'파란만장'은 물결이 만장에 이른다는 것을 말하지만 물
결이 굽이굽이 이랑을 이룬다는 점에서 보통은 한이 많은
사람의 사연을 말한다. 즉 한 많은 사람의 일생을 상징하는
표현이다. 때문에 한 많은 사람은 결국 "曲과 折"로 인해 파
란만장한 이야기를 갖게 되는데, 이 형상은 "끊길 듯"하면
서도 "끊어지지 않는" 강물과 같은 모양을 띠게 된다. 이 모
양은 또 끊임없이 휘어지며 이어지는 "가락과 춤"의 형상과
상통한다. 결국 한 많은 사람의 일생은 강물의 "기막힌 S라
인"과 같은 굽이굽이 도는 곡선적 형상을 취하게 된다는 것
을 의미한다. 이는 거꾸로 강물 또한 한 많은 사람의 사연과
같은 형상과 의미를 갖는다고 볼 수 있다. 때문에 한 많은
사람은 강물 같은 삶을 사는 것이며, 강의 입장에서 볼 때
강은 한 그 자체다라고 말해도 지나치지 않다. 김선태 시인
에겐 그렇게 보였을 것이다.
　그렇지 않은가! 한은 삶의 신산고초(辛酸苦楚)에서 발생
한다. 한은 견딜 수 없는 고통을 당했을 때 발생하는 것으로
그때 한 많은 사람은 자신의 고통을 견디기 위해 몸을 웅크
린다. 즉 구부러뜨린다. 바슐라르가 이미 『공간의 시학』에

서 고독한 사람은 자신의 몸을 웅크려 둥글게 만다고 지적한 바가 있듯이 한 많은 사람도 몸을 둥글게 말아 곡선의 형상으로 자신의 생을 지킨다. 그렇게 본다면 강도 자신의 앞을 가로막는 장애, 즉 고통에 계속 몸을 둥글게 말아가며 전진하는 형상을 취하고 있다. 이는 자연 스스로 고초에 대응하여 곡선의 형태로 자신의 몸을 유지하는 것이라 볼 수 있는 것이다. 곧 자연에서 볼 수 있는 곡선은 인간적 관점에서 볼 때 한의 승화로 나타난 필연적 현상이다.

　김선태 시인은 이를 잘 알고 있는 모양이다. 다음과 같이 그 형상적 원리와 진실을 너무나 잘 표현하고 있으니 말이다.

　　구부러진
　　지리산 아랫마을 팔순 할미의 허리는
　　유장하게 굽이치는 지리산 능선을 닮았다
　　가만 보면
　　저녁 능선 위에 걸린 초승달과도 겹친다

　　(……)

　　구부러진다는 것은 돌아간다는 것
　　늘그막에 어린아이가 되어 친정집에 들듯
　　원점으로 휘어져 회귀하는 일이다
　　　　　　　　　　　　　—「구부러지다」 중에서

이 시에서 구부러져 있는 존재는 지리산과 지리산 아랫마을에 사는 팔순 할미, 그리고 초승달이다. 셋 다 오랜 시간의 과정 속에서 여러 신산고초를 겪었음을 시인은 직관하고 있고, 그래서 세 존재를 모두 동일시하고 있다. 그것은 앞의 시적 해석의 연장선상에서 보자면 한의 생성과 전개과정에서 발생하는 자연스러운 구부러짐이다. 한 많은 사람에게 삶의 고초가 곡과 절을 만들어내었듯이 모든 이 세계의 존재들도 자연적 고통에 대응하여 구부러지는 곡선의 형상을 취한다. 그렇다면, 김선태 시의 원리로 보자면 만물은 곡선이다. 그리고 이 세계는 한으로 가득차 있다. 이것은 그 형상적 진실에서 그럴 뿐 아니라 그가 말하고 있는 내용적 통찰에서 볼 때도 그렇다. 그러고 보면 그의 시가 지금까지 추구했던 '느림'과 '둥긂'의 시학도 모두 여기에 연결되어 있는 것이다.

이 시의 문제성은 "구부러진다는 것은 돌아간다는 것"에 있다. 곡선과 회귀의 상관성은 그 형상적 측면에서 우선 짐작할 수 있는 일이다. 구부러지는 것은 출발선상에 가까워지는 것이기에 돌아간다는 말의 의미를 충분히 이해할 수 있다. 그러나 이 격언과 같은 구절은 더 많은 뜻을 함축하고 있다. "원점으로 휘어져 회귀하는 일"은 단순히 원점으로 다시 돌아가게 된다는 것만을 의미할까? 생각해보면 '돌아간다'는 말 속에는 많은 의미가 포함되어 있다. 공간적 시간적 차원에서 다시 원점으로 돌아감을 의미할 수 있고, 그래서 한 생애가 끝나는 죽음을 의미할 수도 있다. 그렇지만 여기서 문제가 되는 것은 돌아가는 과정에 갖는 감정과 경험의 진폭이다. 원점으로 돌아가게 될지라도 다시 돌아가는 존재는 많은 신산고초를 겪는 가운데 원점의 존재와는 다른 성징(性徵)을 지니고 돌아가게 된다. 즉 돌아가는 존재는 과정의 곡과 절을 모두 온몸으로 받아 이겨내며 보다 단단히 응어리져, 다시 말해 응축된 존재로 돌아간다는 사실이다.

이는 굳이 말한다면 변증법적 통합의 의미와 같은 것이며, 형상적으로 풀이하면 나선형적 전진이다. 즉 승화와 초월의 아우라를 지닌 채 돌아간다는 것이다. 때문에 김선태 시인이 지리산 아랫마을 팔순 할미가 허리가 구부러져가는 형상을 두고 '돌아간다'라는 의미를 부여했을 때, 그것은 일차적으로 죽음을 암시하는 것이겠지만 행간의 의미로 볼 때는 한 많은 남도의 한 사람이 그 한의 승화와 응축을 통해 "원점", 즉 근원으로 돌아가 삶을 완성시킨다는 의미를 가리킨다. 아니 어쩌면 더 나아가 삶과 죽음 모두를 완성하는 것이란 의미를 부여하고 있는지도 모른다. 김지하식으로 이야기하자면 '활동하는 무(無)'의 형상인 것이다. 그 점에서 곡선은 삶과 죽음 그 모두를 아우르는 형상으로 바로 가락과 춤이 갖는 본질, 즉 예술이 추구하는 무의미에 의미를 부여하는 일이자 삶의 무상함과 고통에 대한 일면적 인식을 깨뜨리고 삶의 전체성과 복합성을 받아들이는 형상적 진리가 된다. 내면적 한의 외형적 형상성이 되는 것이다.

이 곡선은 김선태 시인의 의식 속에서는 가락과 춤이 그러했듯이 자연스럽게 사물의 소리로도 전이된다. 가령 "저 소리 속에는// 묵묵히 쟁기를 끄는 소가 있고, 못난 자식의 가슴을 쓸어주는 어미의 손길이 있고, 차안과 피안의 경계를 지우는 강물이 있고, 온갖 번뇌를 잠재우는 고요의 이부자리가 있고, 무엇보다 모든 것을 껴안는 넉넉한 품이 있다// 오늘도 만물의 귀소를 알리며/ 고단한 영혼들을 불러들이는 낮고 부드러운 음성 하나/ 긴 꼬리를 늘어뜨리며 저녁 들판을 기어간다"(「저녁 범종 소리」)에서 '낮고 부드러운 음성'이나 '긴 꼬리를 늘어뜨리며 저녁 들판을 기어가'는 소리의 모습은 바로 곡선의 형상이다. 그리하여 김선태 시인은 그 자신의 행동에서도 직선보다 곡선의 형태를 취하는 것이 자연스럽게 펼쳐진다. 예를 들어 "나의 성묘는 늘 마을 뒷길이다/ 어스름이 내리는 시간을 틈타 몰래 다녀온다// (……)// 나의 성묘길은 늘 마을 뒤쪽이다/ 그림자조차 지우고 에돌아 빠져나온다"(「마을 뒤쪽을 에돌다」)에서 볼 수 있듯 '뒷길'과 '에돌아 빠져나오'는 형태는 곡선이 그의 삶의 원리가 됨을 은연중 보여주는 것이다. 이 시의 내용은 고향에 대한 어떤 마음의 빚에서 시적 화자의 태도가 시작됨을 암시하고 있지만, '어스름'의 시간적 배경이나 '뒷길'의 공간적 배경으로 볼 때 물질이나 권력, 명예 등으로 잘나가는 사람의 모습이 아니라 가슴에 한을 가진 사람들이 무의식적으로 취하는 형상을 자연스럽게 보여주는 것이라 할 수 있다. 그 점에서 김선태 시인의 생리에 한의 습성과 그 습성에 따른 미학적 형상이 본능에 강인하게 배어 있음을 확인할 수가 있는 것이다.

이 한은 미각과 후각적 차원에서는 '곰삭은 것'으로 표현된다. 이미 앞의 「흑산도」의 작부 이야기에서 "삭을 대로 삭은 홍어 살점"이 그녀의 한을 비유하였듯이 한을 이겨내는 사람은 "지그시 한 잎 베어무니 달착지근하다/ 겨우내 온갖 풍상을 다 겪은 맛과 향이 있다/ 사람도 저와 같아서/ 신산고초의 시간을 오래 견딘 자가/ 저렇게 앙팡지고 둥글어지리라/ 저절로 곰삭은 맛과 향을 지니리라"(「겨울 배추」)에서처럼 "곰삭은 맛과 향을 지니"는 것으로 나타난다. 곰삭는다는 것은 "온갖 풍상을 다 겪은" 것이자 "신산고초의 시간을 오래 견딘" 것이기에 한의 처절한 승화를 상징하는 것이다. 때문에 이 모든 것은 한의 처절함이 얼마나 깊은지, 그리고 그것의 승화가 얼마나 어렵고 지극한지를 역설적으로 보여준다고 할 수 있다. 곡선과 부드럽고 낮은 소리, 곰삭은 맛 등은 천지에 가득찬 한의 형상이자 질료인 셈이다.

한의 생리와 진실에 심취했을 때 세계는 불연속적 세계로 놓여 있는 것이 아니라는 것을 깨닫게 된다. 한의 심리와 정조에 취한 사람에게 세계는 공명(共鳴)한다. 김선태 시인의 시에서 자연과의 교감과 공명의 이미지들은 너무나 자연스럽다못해 당연한 것으로 느껴진다. 다음 시가 바로 그와 같은 대표적 사례일 것이다.

아무래도 저수지 속에는
손가락으로 가만 건드리기만 해도
바람의 입술이 살짝 닿기만 해도
화들짝 놀라 입을 점점 크게 벌리는
그런 예민한 여자가 살고 있을 것이다

그 여자 커다란 물북을 끼고 앉아
한없이 슬픈 노래를 부르고 있을 것이다
아무리 세게 두드려도 소리가 나지 않는
느리고 둥근 선율을 피워올릴 것이다

저수지의 심금을 울리는 저 정중동의 물북!

네가 처음 내게로 건너왔을 때
둥둥,
내 마음의 심연이 저러했을 것이다
아아,
혼자서 갇혀 울던 유년의 다락방
벙어리 냉가슴이 또 저러했을 것이다

저 절창으로 하여 오늘

고요한 갈대숲 전체가 아스스 흔들리고
　　수면에 비친 햇빛이며 달빛까지도
　　잘게 흐느끼며 전율하는 것이다

　　　　　　　　　　　　　　　　　　　—「물북」 전문

　이 시만큼 아름답고 신비로우면서 처연한 이미지가 있을
까. 이 시의 중심 이미지가 되는 저수지와 그 저수지의 파문,
즉 "둥근 선율"은 모두 한 많은 어떤 여자의 사연을 매개로
하여 그 의미를 획득한다. 즉 "그 여자 커다란 물북을 끼고
앉아/ 한없이 슬픈 노래를 부르고 있"음으로 인해 시적 화
자인 나를 비롯하여 모든 사물들은 "심금을 울리는" 소리에
동참하게 되는 것이다. 그 동참의 결과 나는 "아아,/ 혼자서
갇혀 울던 유년의 다락방/ 벙어리 냉가슴"을 앓던 것과 같
은 슬픔에 휩싸이고, 갈대숲 전체와 햇빛, 달빛도 "잘게 흐
느끼며 전율하는" 현상을 드러낸다. 모든 사물과 존재들은
저수지에 살고 있는 어떤 한 많은 여자의 노랫소리에 공감
하여 전율의 슬픔을 공유하고 있는 것이다. 이는 한의 강력
한 전염력을 말해주는 것이기도 하겠지만 한의 생리 자체가
얼마나 강력한 공생 공감의 자연적 원리임을 오히려 잘 드
러내주고 있는 경우라고도 볼 수 있겠다.
　그런데 이 시의 아름다움과 신비로운 점은 저수지 속의
여인의 정체에서 발생한다. 신화적 상상력 속에 물과 여인
의 속성이 동일시되고 있는 점은 많이 볼 수 있다. 인류 민

속학자 M. 엘리아데의 글들을 보면 물의 속성은 곧잘 여성성과 겹쳐 나타난다. 모두 생성과 생명의 속성을 지니고 있고 삶과 죽음의 양면성을 내포하고 있는 특징으로 인해 물의 상징이 여성의 상징으로 쉽게 전이된다는 것이다. 그렇게 본다면 김선태 시인이 발견한 저수지 속의 여자란 곧 물과 여성의 속성이 구체화된 형상을 가리키는 것일 것이다. 그런데 거기에 한없이 슬픈 노래를 부르는 존재로 형상화된 것은 조금 남다르다 할 만한 것이다. 서구 신화 속의 인어, 곧 인간을 홀려 바다에 빠져 죽게 한다는 이야기 속에서의 세이렌은 크게 슬픈 존재가 아니다. 비록 안데르센의 '인어공주'에 와서는 뭍에 나와 사랑을 쟁취하지 못함으로써 슬픈 사연을 갖지만 인어 그 자체가 슬픔을 간직한 존재로 그려지고 있는 것은 아니다. 그에 비해 우리 저수지 속의 여자는 슬픔에 가득차 있는 존재로 그려지고 있는데, 이는 김선태만의, 즉 우리나라 남도인의 정서가 배어든 한의 관점이 적용되었기 때문으로 볼 수 있다. 이 한의 여인은—아마 추측건대 한이 깊어 저수지에 빠져 죽은 여성으로 보여지는데—그 슬픔의 깊이가 얼마나 깊었으면 죽음 너머의 세계에서까지 그 한을 알아달라고 노래로 부르는 일을 하고 있겠는가. 시인에게 한은 삶을 넘어 죽음의 세계에까지 이어지는 존재의 원리로 인식되고 있는 셈이다. 참으로 놀랍고 비장한 생의 진실인 셈이다.

  그러면서 동시에 이 시가 갖는 유장함과 신비로움은 '물북'이 갖는 이미지다. 저수지에 생기는 파문을 시인은 '둥근 선율', 즉 물북을 치는 소리로 형상화하고 있다. 시각의 청각화라는, 공감각적 발견이라는 점에서 우선 참신한 표현이지만 더욱 놀라운 점은 감각의 전이 속에 담긴 신비로운 통찰이다. 물북은 지금 울리고 있다. 그런데 그 소리를 들을 수 있는 존재는 아마 이 시로 볼 때 섬세하기 그지없는 시적 화자와 자연 사물들뿐이다. 아마 이 시의 내용을 파고들 때 과학 문명에 찌들어 살고 있는 우리 도시인들은 그 소리를 듣지 못할 것이라는 전제가 은연중 배면에 깔려 있다. 시인만이 그 소리를 듣고 그 소리의 가치를 발견하고 있는 것이다. 그 점에서 이 시적 화자, 곧 김선태 시인은 랭보가 시인이란 모름지기 견자(見者)가 되지 않으면 안 된다 했을 때의 '견자'란 이름에 대한 합당한 무게를 가진다. 견자가 바로 표면적 현상에 머무르지 않고 현상 너머의 실체와 진실을 볼 수 있는 사람을 가리킨다고 할 때, 물북의 소리를 들을 수 있음은 이 견자의 속성을 드러내는 일에 해당하니 말이다. 그것은 결국 우주적 공생과 공감, 공명의 진실을 우리 세속적 사람들이 알지 못하고 있음에 대한 우회적이고도 미학적인 비판이라 할 만하다.

그런 점에서 김선태 시인은 보통 예민한 시인이 아니다. 마치 장자가 하늘의 통소 소리로 '천뢰(天籟)'를 이야기하며 이를 들을 수 있는 사람이야말로 진인(眞人)이라고 했던 것처럼 자연의 소리, 자연의 실체와 진실을 저러한 저수지

의 이미지로 풀어낸다고 한다면 이야말로 시인으로 견자이
자 진인의 경지에 이르렀다고 해도 지나치지 않을 것이다.
그러한 점은 그가 쉬이 인간의 논리에 따르기보다 자연이나
영혼의 논리에 더 민감하게 따르는 점에서 찾을 수 있다. 가
령 "그 이야기를 듣고 사람에게만 길이 있는 것이 아니라 물
고기며 뭇 생명들에게도 저마다 길이 있고 육지만이 아니라
바다나 하늘 심지어 마음속까지도 내통하는 길이 있음을 알
았다 안 보이는 것을 볼 줄 아는 육감이 육안보다 얼마나 물
귀신처럼 신통방통한 것인가를 깨달았다"(「육감」)라고 말
하고 있는 것을 보면 영적 현상이라 할 수 있는 '육감'의 세
계를 인정할 줄 아는 열린 마음에서 그러한 점을 간취할 수
있다. 우리 같으면 과학이나 확률로 그 현상을 이해하여 논
리를 초월하는 현상을 부정하거나 이해하지 못한 상태에 머
무르고 만다. 그러나 김선태 시인은 분명 그러한 점을 알면
서도 여기서 한 발짝 더 나아가 인간 너머의 현상, 즉 우주적
차원의 공명에 대해 사유하고 그 영역에 발을 걸치고 있다.

3. 직벽의 사상과 민중적 카니발의 힘

경계에서 노닐고 있는 정신은 자유로운 정신이다. 하나
의 형식이나 논리에 얽매임이 없는 것이다. 그 낯선 인식은
새롭고 참신한 이미지를 만들고 그 이미지가 우리에게 와
서 새로운 인식의 지평을 열어주면서 존재의 변화를 꾀하

게 한다. 그런 점에서 김선태에게 자연은 하나의 성찰의 장
이고 그의 시는 이런 사고를 담금질하는 수련의 장이다. 그
가 즐겨 그리고 있는 치열한 정신적 자세는 바로 이런 태도
와 연관된다. 가령 다음과 같은 시들이 그것을 잘 보여준다
고 할까.

삶과 죽음이 나란한 직벽에서
대물과의 한판승부가
끊어질 듯 팽팽한 반원을 그리는 곳

추락을 거듭해온 생의 굴레를 벗어나
더는 물러설 곳이 없는 마음 하나로 곧추서
목숨을 미끼로 채비를 던지고 싶은

절체절명의
무섭도록 황홀한 절해고도
절명여

　　　　　　　　　　　　　　　　　　—「절명여」부분

절벽에는 서늘한 정신이 산다

이미 놓을 것 놓아버린 것들은
허,공에 마음의 집을 짓는다

더이상 무너질 것 없는
마음의 형상이 절벽이다
그래서 가파르고 우뚝하다

절벽에 깃들어 사는 것들은
위로 솟구치는 힘을 갖고 있다
낙산사 의상대 금강송은
일필휘지 하늘로 직립한다
절벽의 힘으로 절벽을 넘어선다
　　　　　　—「절벽이 절경을 만든다」부분

　두 편의 시가 말해주는 것은 속물적이고 편협된 생각을 갖
고 사는 것에 대한 반성이다. 우선 「절명여」에서 "삶과 죽음
이 나란한 직벽"은 "생의 바다에서/ 헛물만 켰다는 후회"가
생겼을 때 찾아오는 정신의 수련장이다. 이곳은 "더는 물러
설 곳이 없는 마음 하나로 곧추서"는 장소로 삶의 본질적
문제에 직면하게 한다. 직면은 정신적 자세다. 문제의 본질
을 회피하지 않고 치열한 삶의 태도로 바로 본다는 것, 그것
은 비겁과 나태, 안일로 뒤범벅인 삶의 자세에 대한 통렬한
반성과 자책을 의미한다. 이렇게 반성할 점이 있다는 점에
서 본다면 김선태 시인은 진인이 아니다. 그렇지만 자신의
무능이나 비겁함에 가혹한 칼날을 내리치는 것 또한 범상한
사람이 할 수 없는 일이라는 점만 부기해두자. 직벽의 사상

을 통해 물질자본주의적 삶에 대해 반성한다면 그것은 보다 인간적이고 생명적인, 그리고 더 나아가 자연적인 삶의 원리를 찾아간다는 말일 것이다.

그 점에서 「절벽이 절경을 만든다」라는 작품도 마찬가지다. 이 작품은 "이미 놓을 것 놓아버린 것들"의 정신과 그 정신에서 우러나는 삶의 태도에 대해 말하고 있다. 그것은 절벽이 갖는 "서늘한 정신"을 가리킨다. 이번 시집에서 가장 밀도 높게 자신의 정신적 상태를 압축하고 있는 이 '서늘한 정신'은 세속적 논리와 가치를 초월하는 내용일 터이다. 그 정신을 가졌을 때 "더이상 무너질 것 없는/ 마음의 형상"으로서 '절벽'을 갖게 된다. 따라서 절벽은 이 세속적 자본주의 사회에 대응하는 시인의 정신이자 그가 추구하는 가치의 형상인 것이다. 때문에 제목이 되는 '절벽이 절경을 만든다'는 역설적 표현도 얼마나 합당하고 자연스러운 표현이 되는지 이 정신의 연장선상에서 알 수 있다.

정신의 치열성을 추구하는 것은 이외에도 "겨울 산 입구에서 얼음폭포를 만났다/ (……) / 찰나의 시간마저도 딱딱하게 응고되었다/ 거대한 한 폭의 침묵 같았다/ 고독한 정신의 형해 같았다"(「얼음폭포」)에서의 '고독한 정신'으로도 표현된다. 이 고독한 정신은 앞의 서늘한 정신과 다름없다. 그 까닭은 이 정신을 가진 얼음폭포가 "백발성성한 이마로" "삼라만상을 한기 하나로 다스리고" "오욕칠정도 죄다 얼어버리"게 하고 있기 때문이다. 물욕에 좌우되는 세속적 감정에서 초연해짐으로써 진정한 가치가 어디에 있는지 탐구하고 실천해가는 생명의 본질적 정신을 드러내고 있는 것이다. 그것을 어찌 보면 오늘의 우리 현실을 벗어난 관념적 자세라고 볼 수도 있다. 그렇지만 실상이 물질자본주의로부터 우리 정신적 가치가 얼마나 황폐해져 있는가를 역설적으로 드러내는 인식으로 파악된다면 이런 자세는 칭송되어야 할 자세지 타기의 대상으로 볼 수 없는 것이다. 이런 삶의 자세는 관념적 세계로의 초월이 아니라 오늘의 우리 삶의 표박하고 속물적인 삶의 자세에 대한 가차없는 반성이자 극복의지인 것이다.

그런 점에서 김선태 시인에게 올바른 삶의 전형으로 남도 민중들의 한과 신명이 결합된 삶이 등장하는 것은 전혀 이상한 일이 아니다. 삶의 본질은 물질과 기쁨에만 있는 것이 아니라 한과 신명이 버무려진, 물질과 정신이 뒤섞인 혼돈과 같은 상태, 이를 바흐친적 비평용어로 바꿔 말하면 카니발적 흥과 에너지가 넘치는 상태의 의식을 보여주고 있는 것이다. 김선태가 그리고 있는 남도 사람들의 삶은 바로 이와 같다.

이번 시집에서 애써 사회학자로 분장해 남도인의 삶을 살피거나 전래 이야기를 구술하는 전기수(傳奇叟)와 같은 역할을 자임하는 것도 바로 이들의 삶을 당대의 물질과 자본에 포박된 사람들에게 알릴 필요가 있다는 사명감과 함께 그들의 삶에 진정성이 깃들어 있다고 믿는 태도를 환기한다. 그의 '섬의 리비도' 연작시를 비롯한 많은 시들은 남도 사람들에 대한 애정을 피력한 것일 뿐 아니라 그의 태생적 숙명에 대한 깊은 이해를 보여준다. 그 점에서 그 시들은 단순한 일탈이나 여흥 거리가 아니다. 그것을 잘 보여주는 시가 바로 다음 작품이 아닐까.

다시래기는 모두 다섯 마당인데 그중 두번째 거사-사당 놀이는 압권이지요 봉사인 거사의 마누라 사당이 몰래 중과 바람을 피우는 과정에서 터져나오는 발칙한 언사와 외설적 행위는 하도나 노골적이고 질펀해서 초상집은 온통 웃음바다가 되지요 관 속의 망자까지도 못 참겠다 벌떡 일어나 뛰쳐나올 판이지요 특히나 사당이 아기를 출산하는 장면은 죽음의 아픔을 딛고 새 생명의 탄생을 보여주는 상징이니 다시래기의 참뜻인 '다시 나기'가 아니고 무엇입니까? 슬픔과 절망의 공간에 탄생의 기쁨과 희망이 공존한다는 것 그 드라마틱한 반전의 한가운데 언제나 성(性)이 자리하고 있다는 사실이 또 얼마나 성(聖)스러운지요 그러니 이 신명나는 축제야말로 망자를 위한 최대의 예의요 축복이 아닐까요
　　　　　　　　　—「섬의 리비도2—진도 다시래기」 부분

이 시에서 볼 수 있는 특징은 여러 개다. 우선 서남해 민중의 삶에 대한 보고 형식으로서 한과 신명이 뒤섞인 형태

를 민속학지와 같은 형태로 제시함을 볼 수 있다. 이는 오늘의 형태에서 보자면 문화인류학이라 부를 수 있는 것으로 삶의 총체성에 대한 이해를 높여주는 것인데, 이는 그 지역에 기반한 삶의 중요성과 구체성을 획득하는 것으로 생각할 수 있다. 특히 서남해의 다도해를 바탕으로 한 삶과 그 장소에 의해 발생하는 정체성, 즉 장소애(Topophilia)에 기반한 생태적 인식의 구체화라 볼 수 있는 것이다. 그다음 시 속에서 나오는 '다시래기'라는 의례를 통해 삶의 다양성과 고유성을 인식게 하고, 더 나아가 삶의 상대성 내지 총체성마저 알게 한다는 점에서 의미심장한 민속 의례를 담은 시 형태라 할 수 있다.

그렇지만 이 시의 가장 중요한 특색은 민중의 걸쭉한 삶의 형태를 제시함으로써 삶의 본질과 진실에 대한 새로운 인식을 요구하고 있다는 점이다. 이는 진도 지역의 장례풍습에서 간취한 것으로 슬픔과 숙연만 가득할 것만 같은 현장에서 춤과 웃음, 신명이 공존하고 있음을 보여줌으로써 "슬픔과 절망의 공간에 탄생의 기쁨과 희망이 공존한다는 것", 또 "언제나 성(性)이 자리하고 있다는 사실이 또 얼마나 성(聖)스러운지요"라는 새로운 발견 등이 삶의 본질은 한 면만으로 구성되어 있지 않다는 진실을 우리에게 일깨워준다. 그리고 무엇보다 이 진실의 전달을 이야기 형식으로 제시함으로써 민중적 소통과 전염력을 갖게 하여 그가 추구하는 공존과 공감의 원리를 효과적으로 달성케 하고 있는 것이다. 이러한 공존과 융합을 통한 새로운 진실의 발견은 "이 신명나는 축제야말로 망자를 위한 최대의 예의요 축복이 아닐까요"라고 말하는 데서 볼 수 있는 것처럼 민중적 삶의 원리가 되는, 다시 말해 김선태 시인이 지속적으로 언급해마지않는 한을 지닌 사람들의 삶의 원리가 되는 카니발적 흥과 에너지의 분출에서 이루어지는 것이다.

따라서 카니발은 한과 신명의 융합이자 그 융합의 결과 새롭게 분출되는 신생의 삶의 형태다. 때문에 이 카니발적 축제의 형태는 성적 이미지로 곧잘 치환된다. 김선태의 시에서도 이것들이 많이 나타나는데, 가령 "다도해 어느 섬 기슭엔 좆여가 있다 (……) 허옇게 거품을 문 파도들이 끊임없이 좆여를 기어오르며 애무를 한다 제 좆 같은 시커먼 몸뚱어리 하나로 조개며, 해초며, 물고기며, 해녀를 건사하는 좆여는 거대한 석불이다 그 존재감 하나로 다도해 풍경이 질펀하다 우뚝하다"(「섬의 리비도10—좆여」)라는 시를 보면 다도해의 사람들과 사물 모든 것들이 '좆여'로 대표되는 성적 상징에서 강렬한 생명의 힘을 부여받고 있음을 볼 수 있다. 범성욕주의라 이름할 수 있는 이런 성숭배사상은 카니발의 생명력을 작동하는 가장 강력한 힘의 원천이다. 이런 강렬하고 강인한 성적 생명력이 바로 한이 깊은 민중의 삶을 움직이게 하고 구원하는 원리로 서게 되는 것이다. 김선태는 이번 시집에서 이것을 드러내 문제로 삼고, 더 나아가 이를 민중적 원리로 달성해내고 싶은 의도에서 이런 연작시를 쓴 것으로 보인다.

　예술이 생동하는 형식을 통해 가장 탁월한 생명을 지니면
서, 다른 모든 생명을 구원하는 힘을 지니는 것에 그 본질이
있다면 김선태의 이런 시들은 예술이 갖는 그 본질에 가장
충실하다 할 수 있다. 그것은 이런 시들이 지니는 미학적 효
과가 다른 생명체에게 가서 한과 신명을 동시에 상기시키며
종국에는 '흥겨움'으로 승화돼 현재의 삶을 수긍하고 보다
나은 세계로 나아갈 수 있는 힘을 부여하기 때문이다. 그 점
에서 김선태의 시는 생명이 지녀야 할 힘과 예술적 지고성
을 동시에 갖추었다고 할 수 있겠다.

　그렇지만 그의 흥은 일정 부분 한의 승화 내지 정화로 나
타나는 것이기에 암시적이거나 기원적 성격을 띠는 것으로
볼 수 있다. 그의 시가 결국 고백하는 것은 "가난이라는 그
늘이 싫어 필사적으로 아버지라는 철조망을 뚫고 달아났
네// (……) // 허나, 가난이나 슬픔이나 폭력이나 원망의
그늘은 쉽사리 지워지지 않았네// 되려, 오래된 그늘에 새
로운 그늘을 새겨 치며 무섭게 뻗어나가고 있었네// 오랜
삭임 끝에야 드리운다는 말갛고도 흰 그늘은 아직 찾아오
지 않았네"(「그늘」)에서 볼 수 있는 것처럼 보다 솔직한 차
원에서의 탄식일지 모른다. 그가 말하는 '흰 그늘'은 한에서
벗어날 수 없는 숙명을 이르는 것이며, 동시에 그 한을 끝
까지 초월하고 싶다는 마음의 긴 원망을 드러내는 것이다.

　흰 그늘은 김지하의 미학 담론에도 나오는 말이기도 하지

만 남도 사람들이 자연스럽게 갖는 미학적 형상으로 볼 수 있다. 그늘은 삶의 신산고초에서 나온다. 모두 한의 과정이자 결과이다. 그렇지만 '흰'은 색다르다. '흰'은 무엇일까? '흰'은 초월적 아우라로서 그늘 속에 숨어 있는 성스럽고 거룩한 것의 승화를 가리킨다. 때문에 '흰 그늘'은 신의 마음과 접신하는 수준까지 이르는 것을 가리키는데, 이것은 곧 천지와 공명할 수 있는 자만이 볼 수 있음을 의미한다. 김선태 시인은 아직 이 경지에 이르지 못했다고 탄식하고 있지만 물북의 파동으로 인한 천뢰를 들을 수 있는 능력을 갖추고 있다는 점에서 흰 그늘을 발견하고 그의 시에서 실천하고 있다고도 볼 수 있다. 왜냐하면 그의 시가 바로 그늘 속의 흰빛으로 장엄하게 빛나고 있기 때문이다. 남도 민중에 대한 사랑과 그 사랑의 실천으로, 그의 시가 응축된 남도 사람들의 흰 그늘로 영롱하게 빛나고 있다고 한다면 그것은 나만의 지나친 감상일까. 시와 예술의 기능, 거기에 삶의 새로운 원리에 대한 깊은 통찰을 제공한 김선태의 시에 경의를 표하며 그의 건필을 빌어마지않는다.

김선태 전남 강진에서 태어나 1993년 광주일보 신춘문예와『현대문학』을 통해 등단했다. 시집으로『간이역』『작은 엽서』『동백숲에 길을 묻다』『살구꽃이 돌아왔다』를 펴냈으며, 문학평론집으로『풍경과 성찰의 언어』『진정성의 시학』등이 있다. 애지문학상, 영랑시문학상, 전라남도문화상을 수상했으며, 현재 목포대학교 국어국문학과 교수로 일하고 있다.

문학동네시인선 062
그늘의 깊이
ⓒ 김선태 2014

1판 1쇄 2014년 10월 13일
1판 3쇄 2024년 9월 25일

지은이 | 김선태
책임편집 | 이경록
편집 | 곽유경
디자인 | 수류산방(樹流山房) 본문 디자인 | 유현아
저작권 | 박지영 형소진 최은진 오서영
마케팅 | 정민호 서지화 한민아 이민경 왕지경 정경주 김수인 김혜원 김하연
          김예진
브랜딩 | 함유지 함근아 박민재 김희숙 이송이 박다솔 조다현 정승민 배진성
제작 | 강신은 김동욱 이순호
제작처 | 영신사

펴낸곳 | (주)문학동네
펴낸이 | 김소영
출판등록 | 1993년 10월 22일 제2003-000045호
주소 | 10881 경기도 파주시 회동길 210
전자우편 | editor@munhak.com
대표전화 | 031) 955-8888 팩스 | 031) 955-8855
문의전화 | 031) 955-2696(마케팅), 031) 955-2678(편집)
문학동네카페 | http://cafe.naver.com/mhdn
인스타그램 | @munhakdongne 트위터 | @munhakdongne
북클럽문학동네 | http://bookclubmunhak.com

ISBN 978-89-546-2590-6 03810

www.munhak.com

문학동네

116